時雨沢 惠一

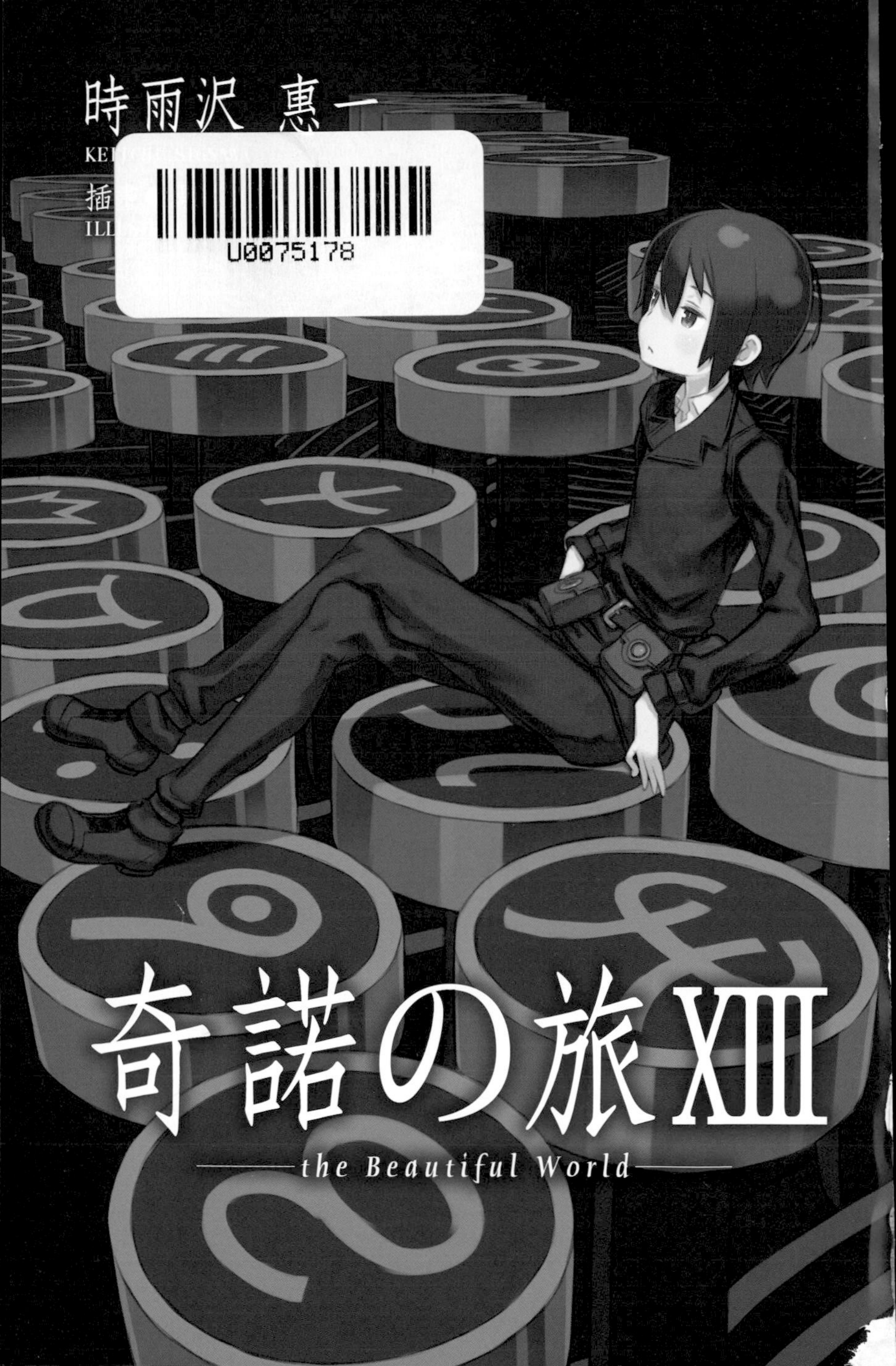

奇諾の旅XIII

——the Beautiful World——

「厭惡之國」

—Abandon Ship!—

「是的，一點也沒錯。」

「是相當久了。」

「現在已經沒有人那麼做了喲。都只是像這樣，把牛奶加進咖啡裡而已。」

「這樣子啊……」「那真是太遺憾了。」

「不過～咖啡的味道並沒有改變，妳請放心吧。」

「是的——對了，聽說以前大家都會那麼做。」

「沒錯喲，而且好像一定會那麼做。即使在家裡喝咖啡的時候也一樣。」

「聽說技術非常高超呢。」

「是啊——啊，我這兒有以前的照片可以給妳看。是咖啡歷史的書……請等一下哦——我記得就放在這邊……找到了！就是這個喲，就是這個！還是彩色照片呢！」

「天、天哪……每一杯的圖案都很漂亮呢。」「真了不起。右下角有十匹斑馬的那一杯，是誰畫的啊？」

「以前我祖母曾經說過，每個家庭跟學校都會從小教這項技藝，而大家也很快就學會了。」

「那真是了不起，可能你們國民天生手就很巧呢。」

「既然有那麼棒的技藝，為什麼會完全廢除呢？」

「我也不曉得是否完全廢除了，不過現在都沒有人那麼做了。像我，從出生至今都沒做過，在店裡也不曾有人要求我那麼做。」

「我還是覺得有些遺憾，但不再那麼做的理由是什麼呢？」

「哎呀？理由非常簡單喲！」

「妳的意思是指？」「什麼什麼？」

「如果大家都會的話，就算做出來也不會有人稱讚吧？不久之後，就漸漸覺得那麼做很麻煩呢，如此而已。」

CONTENTS

「活著的人們的故事」—You Should Be So Lucky.—

在滿是枯樹的寒冷荒野——

有一堆熊熊燃燒的篝火。

在滿是枯樹的寒冷荒野——

有兩個人在那兒。

個子略矮但長相俊俏的年輕男子，跟有著一頭烏溜溜長髮的妙齡女子，兩人中間隔著一堆篝火。

男子一面吐著白氣一面出聲說：

「我說師父。」

女子回答：

「什麼事？」

「我們，不知道何時會死呢？」

「…………」

「不要用那種在看什麼珍禽異獸的眼光看我啦，我又沒有特別想死的念頭。只是說，我跟師父都經歷過許多危險。遇過的槍戰次數，這兩隻手根本就不夠數。甚至還遇過子彈從頭部的極近距離飛過的狀況呢。」

「然後呢？」

「可是，我至今都不曾中彈過。師父妳呢？」

「要是有的話，就不可能像這樣坐在這裡了。」

「這個嘛，說的也是呢。可是，畢竟我也殺人無數，如果再繼續過這樣的生活，應該遲早也會淪落到被我殺的那些人那種下場呢。」

「這個嘛，是沒錯呢。」

「但是，事實上並沒有變成那樣。我還像這樣一面旅行，像現在這樣呆坐在這裡悠哉地烤火取暖。」

「是啊。」

「所以，又回到最初的疑問。『我們，不知道何時會死呢？』」

「那麼就讓我來回答你吧，『不知道耶？』」

「真想不到也有師父不知道的事情呢。」

「我也有自己不知道的事情啊。」

「原來如此。那麼……這些傢伙是否知道了呢？」

男子一面看著倒在自己四周的屍體一面說道。

十幾個人手握著小刀，死在兩人四周，篝火的光線微微照亮他們懊悔的表情。

「這些傢伙想殺我們反而被殺死，今天早上應該就會明白，自己根本就看不到明天的太陽這種事吧？」

「不知道，搞不好明天我們也會死在哪個地方呢。不過，活在世上還每天煩惱那種事情，實在很浪費人生。」

「這個嘛，是沒錯啦。在那天到來以前，我們努力活下去吧。反正，應該也距離不遠了呢——更何況妳有辦法想像嗎？我變成老爺爺，而妳變成老婆婆的模樣。」

「不，完全無法想像。」

「說的也是——啊啊，不知道我會在何時何地，又如何死去呢……？」

男子抬頭仰望天空。在乾燥空氣的那一頭，有好幾億顆星星閃爍著。

然後男子微微露出笑容——

「希望能解開我疑問的早晨到來。」

向星星許下這個願望。

人們常常察覺到他人的殘酷。

— *It's Hard to Say, But We Are Wrong.* —

獻給百年後閱讀本作品的讀者

○本書純屬虛構，與實際人物、國家、團體無關。

○而且並非以愚弄那些人物、組織為目的而書寫。

○本作品的內容，並不是針對往後一百年間發生的事例所做的預言。即使本書敘述的內容真實發生，也純屬巧合。

○關於本書登場人物的違法行為，「出版社」對那樣的行為並不表示認同、推崇。

○本書裡的行為並沒有實際發生。殺人這種行為幾乎在所有國家都是違法的，也會被處以嚴刑。而且視各個國家的規定，有些國家即便只是騎摩托車在普通公路行走，或單純持有手槍，都會是違法的行為。

○本書裡面雖然有許多明顯猥褻、煽情以及暴力的表現。但在發售當時（西元二〇〇九年）的社會情勢，是極普遍的應用表現。

○請留意本書在發表的當時，是以「書籍」（＝將印刷文字或繪畫的紙張整合在一塊，並且附上封面）的方式販售的。

〇本書是以四十三個文字為一行，右頁以十五行為一頁，左頁以十二行為一頁。因此，在閱讀的時候，或許會覺得換行的位置怪怪的。

〇本作品裡的「後記」，連在當時都蔚為話題。

西元二〇〇九年　十月　十日

時雨沢惠一

序幕
「這個世界的故事・b」
—It Happens.・b—

序幕「這個世界的故事・b」

—It Happens.・b—

然後，奇諾發現到一個景象。

在熱帶莽原的地平線上，正捲起剛剛都沒有的大規模塵土。

那塵土的規模明顯越來越大，而且也慢慢變高。下方還有大量蠕動的黑影。

「什麼啊？」

奇諾舉起「長笛」，透過瞄準鏡往目前所在的山丘俯瞰地平線。過了一陣子，才終於看出怎麼回事。

原來產生那些大量塵土的，是數量多到幾乎淹沒大地的大型動物。那是擁有又大又粗壯的軀體，和強壯四肢的暗灰色草食性動物。

「牠們是棲息在附近的一種犀牛，為了喝水而集體移動中喲。」

漢密斯說道。

雖然看不出灰色的犀牛群有幾千頭甚至幾萬頭，但牠們以有如濁流般的密度及氣勢，在大地

前進。

就在牠們行進的前方——

「啊……」

舉起「長笛」瞄準牠們的奇諾，不禁叫出聲。

那一大群犀牛行進的前方，有隻腳部流著血躺在地上的小鹿，跟不肯離開牠身邊的母鹿。

「漢密斯，現在趕過去的話，來得及衝到小鹿那邊嗎？」

奇諾面向漢密斯問道。

「若只是單純能不能趕到那邊，那一定趕得到的。但是，如果要把小鹿抬到載貨架再回來這裡，那時間就很吃緊。如果在那中間滑倒或出現一點點失誤，都可能會沒命的。」

漢密斯立刻回答，而地鳴也越來越劇烈。

「那就算了。」

奇諾做出決定。

「很聰明。在犀牛群通過以前，最好暫時待在這山丘上喲。」

聽著漢密斯這麼說，奇諾再次透過瞄準鏡遠望。這時候察覺到有異狀的母鹿正慌張地逃走。倒在地上的小鹿微弱地抬起頭用眼神追尋母鹿，但母鹿連頭也沒有回。牠傾全力逃跑，很快就從瞄準鏡的視野範圍消失蹤影。

被留在原地的小鹿拚命想站起來，但只是讓腳部流出更多鮮血而已。眼看著只能夠束手無策坐以待斃。

不一會兒——

犀牛群帶著撼動大地的巨大聲響，以及不斷往上竄的沙塵疾奔而來。

「…………」

「好壯觀哦。」

那一股濁流，就從站在山丘上的奇諾跟漢密斯的前面，由右往左地不斷穿過——

牠們接近倒在地上顫抖不已的小鹿，然後毫不留情地將牠淹沒。小鹿就這樣不見蹤影。

不過等這股濁流流過，以及那道沙塵完全散去他需要一段時間。

隨性把腳往前伸坐下來等待的奇諾，雙腳及臀部一面感受這劇烈的震動，一面聽這如地鳴般的聲音，耐心地等待著。

好不容易犀牛群離去，緊接著是聲音跟震動遠去，最後連沙塵都隨風消失——

等到一切終於趨於平靜，奇諾再次舉起「長笛」。

在瞄準鏡的視野裡——

「…………」

在小鹿倒地的位置，已經看不到小鹿在那兒了。

取而代之的，是根本就看不出其原形的細碎肉片，散布在相當廣闊的範圍。

「已經變成碎肉了耶，怎麼辦？」

漢密斯問道。

奇諾背著「長笛」站起來說：

「這麼做。」

然後從漢密斯後輪旁邊的包包裡，拿出有如黏土般堅硬的攜帶糧食。

她一面站著咬攜帶糧食，一面望著大地。

接著不知何時聚集的禿鷹，降落在那個地方，並且開始吃散布在大地的肉片。

禿鷹吃了肉片便飛了一會兒，然後又下來吃肉片再飛一會兒。當不斷增加的伙伴開始搶食，才忙碌地拚命吃起來。

「好慘哦——真的是太慘了。」

奇諾邊吃邊喃喃說道。

結果漢密斯說：

「這很常見喲，奇諾。」

「嗯？」

「在這個世界，那很常見哦。」

「……一點也沒錯。」

奇諾一面嚼著食物，一面喃喃說道。

第一話
「往事」
—Choice—

第一話「往事」
—Choice—

寒冷的大地聚集了許多人。

那兒只有岩石跟泥土而已，是一片不毛之地。平緩的丘陵起伏延伸，但因為還形成一處不是很深的山谷，所以視野看得並不很遠。

天空有些薄雲，日照不是很強烈並已經偏斜，氣溫也很低。四處可見的水窪上面，還殘留著沒有融化的薄冰。

在那兒的，是在寒冷的氣候中仍穿著粗布衣裳，而且非常瘦的人們。其中男性佔大多數，不過也有女性、孩童以及老人。

其實在場的人數很多，光是可見的範圍就有千人以上。所有人都瘦得很病態，唯獨眼睛彷彿有所祈求似地炯炯有神。

他們手上都握著原始的武器。

那是一些鐮刀跟圓鍬等農具，或是單純的棍棒、菜刀，甚至是用細木製造的手製弓箭。

那些全都是不足以當武器使用的物品。有一些手上空無一物或力氣柔弱的女性，拿的是腳下隨手可得的石頭。

他們像在不毛之地尋找失物似地觀察四周，然後形成一個大集團步行著。

這時候有人正用望遠鏡看著那群人。

有兩個人正趴在數百公尺遠的某處山丘上，披著跟泥土同樣顏色的墊子當做迷彩，透過望遠鏡窺視遠方的動靜。

在圓形的視野裡，映著手持武器在尋找什麼的一群人。那群黑壓壓的人覆蓋著大地，慢慢但確實地朝兩人所在的方向接近。

「他們果然在這一帶設下了天羅地網嗎？而且那個氣氛怎麼看，都不像是用講的就行得通呢～要是被他們逮到，鐵定會被大卸八塊的。」

兩個人之中的一人開口說道，是年輕男子的聲音。雖然他講的內容很危言聳聽，但聲音聽不出

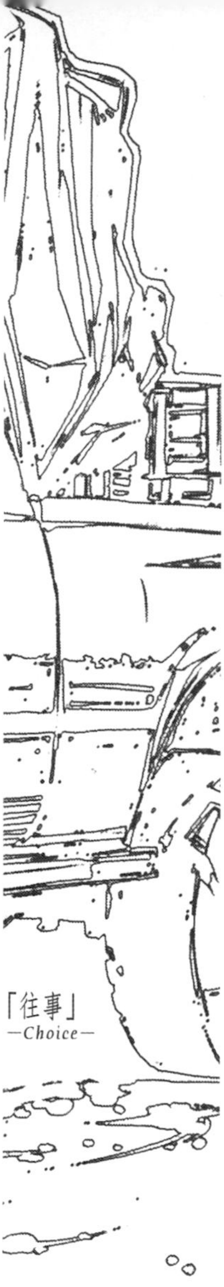

來有任何緊張的感覺。

「既然這樣就不需要客氣了，一切照計劃進行吧。開車的事就交給你了。」

另一個人說道，是女子的聲音。而她的聲音冷靜沉著，語氣很制式。

「了解——那麼，工作了工作了！」

兩個人從墊子下面往後退，利用腳上的靴子從山丘的斜坡往下滑。

男的個子有點矮但長相俊俏，穿著皮夾克，左腰懸掛著二二口徑的自動式說服者（註：Peasuader=說服者，是槍械。在此指的是手槍）。

女子是個容貌美麗的人，她把烏溜溜的長髮往後綁高，穿著中長版的防寒大衣，右腿懸掛著四四口徑的左輪手槍，脖子上則掛著防風眼鏡。

在兩人往下走的谷底之處停了一輛車。

那是一輛全新且到處都亮晶晶的四輪驅動小型卡車。

它有著長長的懸吊系統跟大型輪胎，車體前方還裝了看似堅固的鐵管型保險桿。位於引擎蓋後面的駕駛座，左右能各坐一人，後面則是長型的載貨台。整輛車是淡綠色的，上面無任何標誌。

載貨台上面載著高度跟寬度約一個人大小的物體，但上面蓋著墊子也用繩索綑綁著，因此不曉得是什麼東西。

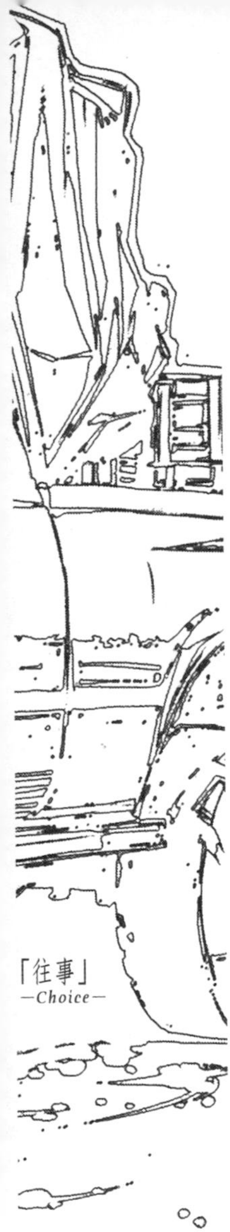

當兩人一接近卡車，從左側副駕駛座開著的車窗探出一張臉。原來躲在下面的人坐起來了。

「你們在搞什麼！現在不是休息的時候啊！」

躲在下面對他們兩人這麼說的，是一名中年男子。年齡大約五十歲左右。他的體態微胖，穿著跟這個場所並不太搭，看起來有些昂貴的西裝及感覺似乎很暖和的羊毛大衣。

男子表情極為緊張，而且相當焦慮地大叫：

「快點！若隨即有人從那峽谷出來，那可怎麼辦！」

坐在卡車駕駛座的年輕男子一派輕鬆地說：

「安啦，反正他們又沒有任何弓箭或槍械。」

然後他繫緊了安全帶，同時也叫中年男子把安全帶繫上。

中年男子繫緊安全帶之後，又開始轉動搖桿準備把車窗關起來。

「請把車窗打開。」

駕駛座的男子如此提醒他。

「要、要是石頭或箭飛過來怎麼辦？」

「跟那種東西比起來，玻璃打中你的機率還比較高呢！玻璃要是破碎的話，鐵定會受傷喲！而且，要是打中我就更慘呢！」

「…………」

中年男子又把車窗打開。

年輕男子把擺在椅座旁邊的小型無線電戴在耳朵上，再把那個機器延伸出來的麥克風移到嘴巴前面。他打開開關，然後對爬上載貨台的女子說話。

「師父，聽得見我說話嗎？」

「聽見了。」

由於車子還沒發動引擎，因此男子可聽見無線電傳來的聲音以及載貨台傳來的實際人聲。

至於在那個載貨台上的女子，耳朵也戴了同樣的無線電，而且眼睛還戴了防風眼鏡。接著她把原本用來固定載貨台的防水布的繩索解開，然後把它捲成一團。

「真的沒問題吧？」

中年男子從車窗把臉探出來並大叫。

「我們也是為此才被僱用的。」

女子一面冷靜回答，一面用兩手把防水布拿掉。

這是大約兩天前的事情。

黑髮女子跟個子略矮，但長相俊俏的年輕男子，乘著又小又破爛又無力的車子，來到這國家的城門前面。

這個位於寒冷荒野正中央的國家，在圓形城牆環繞下，擁有一片遼闊廣大的領土。

兩人以休息、觀光兼補充物資為目的，希望能夠入境。但守在城門的入境審查官跟衛兵，用憂鬱的眼神看著兩人，並回答說「現在並不適合讓你們入境，快離開吧」。

兩人死纏著他們想問清楚原因，於是審查官只好勉強地告訴他們。

這個國家長年以來都是由獨裁政黨統治，然而人們的生活非常貧困，而且執政者還陷入利欲薰心的瀆職狀態。

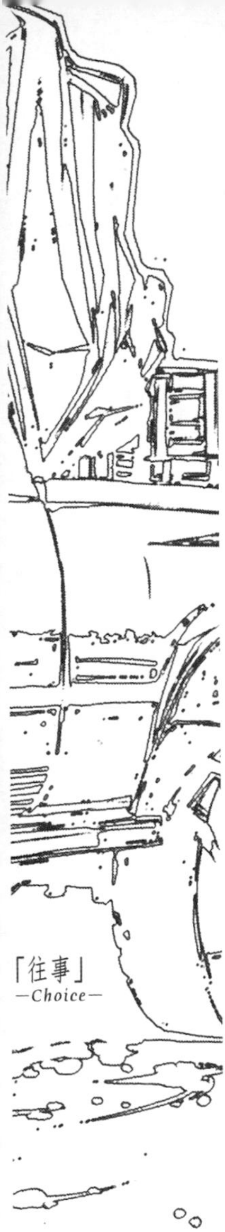

而極少部分居於統治階級的國民，跟其他大部分的國民，貧富的差距更是越拉越大。當然不滿會逐漸升高，並衍生出許多暴動與爭鬥。

過去國家一直用武力壓制，但似乎終於到了臨界點。這幾天化為暴徒的民眾四處作亂，並襲擊警局跟公家機關。

現在這個國家的政府，無力解決頻頻在遼闊的領土產生的暴動，已經面臨瓦解的狀況。

就連身為公務員，且原則上受僱於行政部門的審查官跟衛兵，也正煩惱該逃出這個國家？還是站在民眾這一方？

但問題是自己既不是那種遠走他鄉還活得下去的優秀人才，又不確定民眾是否能接納他們，因此正陷入不知該如何是好，被迫要做出人生最大抉擇的窘境。

「總之就是這麼回事。我不想說什麼觸楣頭的話，但如果你們稍微愛惜自己的性命，勸你們現在還是別入境的好。」

對於審查官苦口婆心說出的這番話——

「其實那很好啊，感覺好像有什麼機會能夠賺一筆呢，師父。」

「是啊，我們就入境吧。」

誠實面對自己欲求的兩名旅行者，完全沒把審查官的話聽進去，甚至再次提出「請務必讓我們入境」的請求。

「你們兩個，到底是旅行者？還是來趁火打劫的啊……？」

打從心底感到訝異的審查官，放棄基於自己的責任所做的判斷，然後打電話聯絡上司尋找進一步的指示。

過了沒多久，走回那兩人前面的審查官，表情非常訝異地說：

「上頭傳話過來……說你們如果真的很有本事，就有工作想託付你們。不過工作很危險，要是有興趣聽的話就允許你們入境。」

「我萬萬沒想到，是要幫執政者逃亡喲。」

坐在駕駛座的男旅行者，一面轉動卡車鑰匙發動引擎一面說道。新卡車很順利就發動了，還發出豪邁的引擎聲。

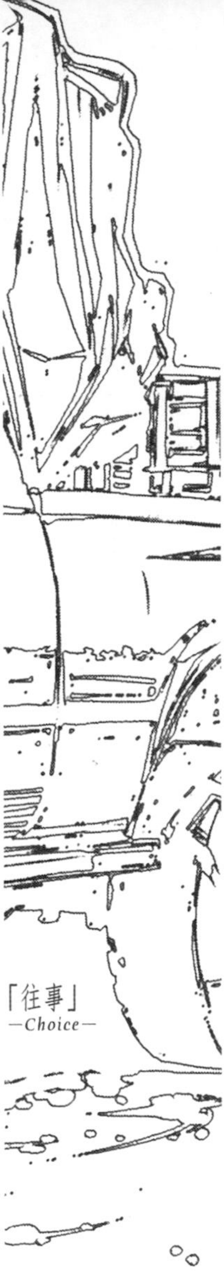

「看樣子，要逃亡的話果真要越快越好呢。」

男旅行者打哈哈地說道。

「少囉唆！別講那些有的沒有的！你們只要把我平安送到城牆那邊就可以了！」

副駕駛座傳來憤怒的聲音。

「是是是，知道了啦！那正是我們的工作啊！」

男旅行者回答。然後左腳踩離合器，左手打排擋地說：

「那麼，準備走吧！」

「從那邊隱約傳來引擎聲耶！」

「好，過去看看吧！」

那些耳語在化為暴徒的民眾之間流傳著，於是從團體中分出了一群人，用比剛才還快的速度，開始在寬闊的山谷移動。

為了不讓仇敵逃走，他們在山谷中央往左右散開。打前鋒的男人們是在這一群之中較為勇健的，而且還手持柴刀或斧頭等刀械。

「要是有車輛出來的話，就算用抓的也要阻止！只要我們一起動手，絕對可以把車子翻過來！千

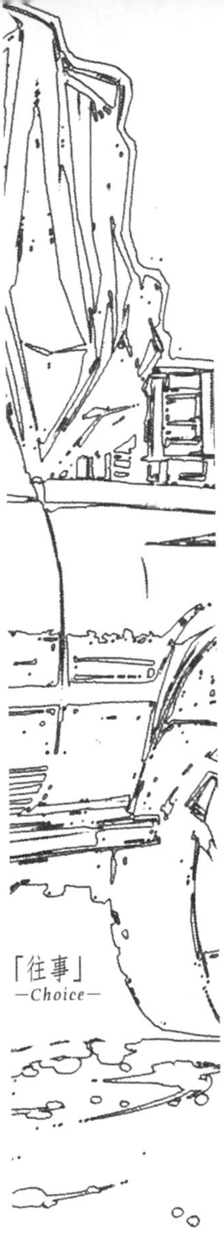

萬別讓那個傢伙逃走！這長久以來的怨恨！一定要把他大卸八塊才能夠洩忿！」

「沒錯！就算拚了這條命也要打倒他！」

就在這道非常勇猛的怒吼喊出來的下一秒鐘。

他們看到一輛卡車正慢慢從前方三百公尺左右的山谷陰影現身，而且車頭筆直朝他們而來。

「找到了！」「就是那輛卡車！」「宰了他們！」「別讓它通過！」「嗚喔喔！」

發現獵物之後，氣勢雄壯的吼叫不斷冒出來，而幾名等不及的男子率先衝了出去。

開始慢慢加速的卡車跟衝出去的暴徒，眼看著雙方就要起正面衝突了。

如果形容暴徒是黑色群體，那麼卡車就是一個綠點。黑色群體彷彿想吞噬綠點似的，從谷底還有左右一起發動攻擊。

正當距離縮短到兩百公尺左右的時候，卡車停了下來。然後——

砰！砰！砰！砰！砰！砰！砰！砰！

山谷裡連續響起空氣反彈……又像什麼物體洩氣的聲音。

「什麼？什麼聲音啊？」

打前鋒的男暴徒不解地歪著頭。正當他不經意地抬頭時，才發現有黑色物體正瞄準自己飛來。

在淡藍色的天空下，那看起來就像是個黑點。它畫出緩和的拋物線，朝橫排成一列的自己這邊飛過來。以時間來說，才一秒鐘而已。

「是石頭嗎？」

男子完全判斷錯誤，正當他呼叫伙伴閃躲的那一瞬間，那個物體爆炸了。

那物體看起來就像拳頭大小的石頭，它一一撞擊在暴徒們的腳下同時爆炸，猛烈的爆炸威力把碎鐵片震得四處飛散。

碎片幾乎都插在大地，雖然揚著塵土也稍微把泥土翻開一些，但除此之外的碎片，全都貫穿當場的人類呢。

「呀啊啊啊！」「咕耶！」「嘎啊！」「呀！」

在那些聲音裡，夾雜著人類尖銳的慘叫聲。

爆炸聲從山谷間消失，沙塵隨風飄散之後，地上約有十個人的屍體，正開著鮮紅色的血花。

而死亡人數倍數之中的人類，則是痛得一面慘叫一面到處跑。

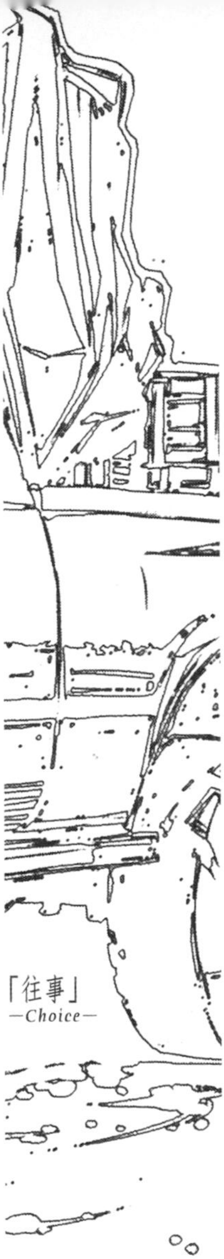

在卡車載貨台的上面，女旅行者就坐在一張小椅子上。

她的眼前，擺著剛剛殺了幾個人的武器。

載貨台的中央有根粗鐵管熔接在底座上，上面搭載了利用四角形箱子與圓筒組合而成的機器。

全長約一公尺左右。

機器旁附加了一個大箱子，跟金屬製的帶子連接在一塊，足以放進口徑四十毫米的榴彈。

那部機器是能夠連續發射的自動連射式榴彈發射器。利用鏈帶把榴彈一一送進機器，能以全自動的方式連射出去。

載貨台上有那座「砲台」以及給「砲手」坐的小椅子，然後是彈藥用的木箱。而且它三百六十度任何一個方向都能夠射擊。

「嗯——這果然是討人厭的武器呢~雖然我做事一向不喜歡誇張，但這的確最適合應付眼前這個狀況。以試作機來說算做得很棒了，照理說可以大量生產呢。」

在駕駛座握著方向盤的男旅行者，以半驚訝半佩服的語氣說道。

「咿……」

坐在他旁邊的中年男子，則對於自己豁出性命逃亡一事感到萬分緊張。而且看到呈現在眼前的殺人慘狀，備受打擊的他根本就瞪大眼睛愣住了。車窗雖然是開著的，外頭的空氣也很寒冷，但他卻滿臉大汗。

看著他那樣的側臉，男旅行者用井邊閒聊似的語氣，一派輕鬆地跟他說：

「沒必要那麼在意喲！」

「你、你說什麼？」

中年男子轉頭面向男旅行者。

「就是死去的那些人呀，無論他們當著我們的面如何死去，對我們來說都不痛不癢呢！」

「什麼……！」

中年男子雖然想反駁，但嘴巴只是一張一合地動著。

「難道不是嗎？現在離我們兩百公尺的地方，有人內臟外露而不斷呻吟，但我們的肚子有感受到被火燒的痛楚嗎？還有手臂被碎片炸得稀巴爛而慘叫，我們的手臂有感到一絲絲的痛楚嗎？任何人都無法感受別人的痛苦，當你接受賄賂自肥時，知道某人因此為饑餓所苦嗎？所以別在意啦！」

「…………」

「我們可是很認真做事。為了把你帶到預定通行的城門，那些人——不管是『為了打倒惡政而站起來的民眾』，或是『反抗政府的暴徒』……反正隨便怎麼說啦——我們都會不厭其煩將那些人全部殺死。你不就是不願意跟民眾站在一起，想僱人毫不考慮地將他們殺死，才特地指定我們嗎？那個心情，我很能體會的。畢竟到了緊要關頭，士兵跟公務員選擇站在民眾那邊的可能性是非常高呢。」

「…………」

「別擔心，撇開我不說，在你身後的那位女子，可是非常優秀喲！」

那句話讓後面的女子出聲回應：

「不要多嘴了，差不多該行動了喲。」

「喔，了解！」

男旅行者把臉轉向前方，看著在那兒的人們。

他也知道位於兩百公尺前，伙伴遭到無情殘殺的人們，個個正面目猙獰地瞪著他們。

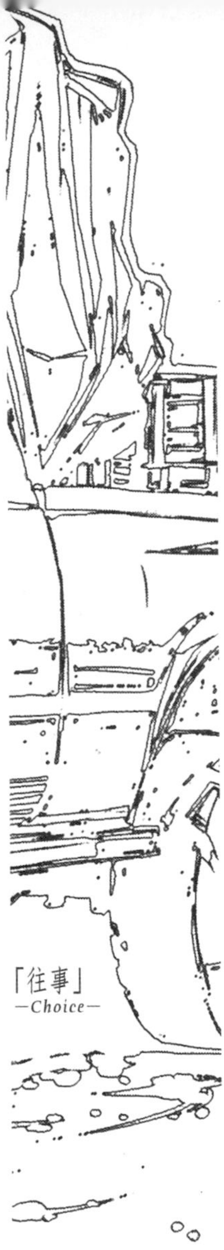

除了救護傷者的人，其他人再次緊握手中的武器，慢慢往前移動。他們用手勢打暗號，盡可能不要聚在一塊，然後互相指示每個人盡量散開以包圍對方。

他們前進的目標只有一個。

「喂、喂……這樣會逃不掉耶……」

置身在目標之中的中年男子，好不容易從嘴巴擠出話來。但還是一樣滿頭大汗，並指著在擋風玻璃前方的那群人。

「你、你們不是說只要在一開頭殺幾個人——讓他們見識到你們的力量，那些傢伙就會夾著尾巴逃跑嗎？當、當初的計劃不是那樣嗎？」

「是那樣沒錯，但這群傢伙也挺團結的呢。接下來就算再多殺幾個人，他們也還是打算當場把你……應該說把我們所有人拿來血祭喲！那正表示不管發生什麼事，他們都不願意回到舊體制的決心。那股意志力，老實說很了不起。」

「咿——！你、你還有時間佩服他們，快點想辦法解決啦！」

「我當然會想辦法喲！師父，那接下來進行計劃二吧！」

男旅行者第一句話是針對旁邊的男子說的，接下來則是利用無線電跟後面的女子通話。不過他沒有等回覆就立刻快速前進。

四個輪胎打滑了一下，然後卡車就在寒冷的大地開始加速。除了後方，不管往哪個方向都是憤怒又勇猛的人們，因此他毫不留情地往前直衝進人群裡。

「你、你想做什麼！打算輾過他們嗎？可……可是，如果有人跳到車上阻止你……咿！咿！」

中年男子一想像包圍在卡車四周的暴徒，伸出幾百隻手臂毆打、撕裂自己的模樣，就嚇得失聲慘叫。不過路面傳導至車內的振動聲，蓋住了他的聲音。

卡車筆直往前進，在中年男子的眼裡，感覺想殺死自己的那群人，正以非人類的速度逼近，但實際上是卡車主動接近他們的。

砰！砰！砰！砰！砰！砰！

發射出去的榴彈正從頭頂飛出去。

那幾乎是接近水平的射擊。

載貨台的女子往前方射擊的榴彈，一一在卡車行駛路線的前方爆炸。在那附近的人都被碎片劃傷，甚至有人碰巧被直接命中而化成鮮紅的煙霧。

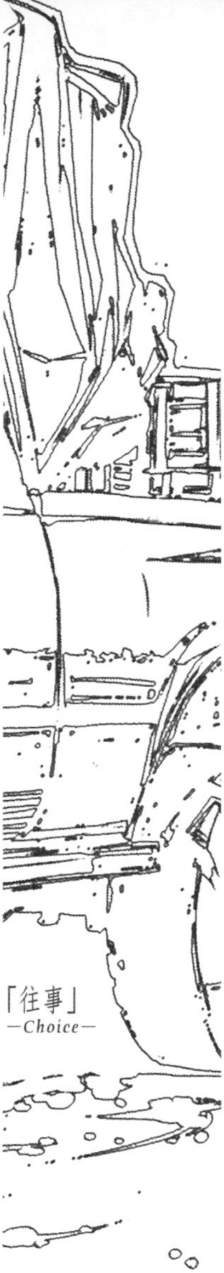

就算稍微打偏了，但是榴彈若是落在附近，也很可能自己造成被傷害的危險性。不過女子毫不在乎地連續發射。

被擊出的榴彈發揮最大的效果，每次落點準確到都不是同一個地方，距離也沒有隔很遠。

就這樣，團團圍住卡車的那群人，衍生出一條紅色的迴廊。

榴彈連續發射，把命中的人們全都粉碎，繼而形成一條寬約二十公尺的紅色道路。

「不愧是師父，幹得太好了。那麼我也——」

男旅行者毫不在意地用力踩油門，往前方猛衝。

四個輪胎讓散落一地的肉片散布的範圍更廣。

鐵管保險桿還把只剩上半身的某人的頭顱割下。

車體則是把衝上來想幫助伙伴的人，撞飛到幾公尺的前方。

前輪跟後輪把倒地呻吟的人們輾到安靜無聲。

此時卡車儼然已經化為移動的凶器，並勇往直衝。擋風玻璃沾滿了鮮血，火藥味與血腥味還從旁邊的車窗飄進來。

「咿咿咿咿咿！咿咿咿咿！咿咿！」

中年男子滿臉厭惡地慘叫好幾次。

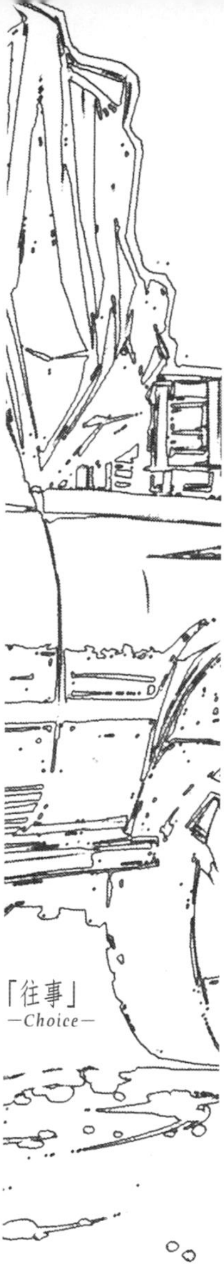

那段期間榴彈仍不間斷地從頭頂飛過，讓眼前的人類身體爆裂至死。而卡車輾過的那股振動，還會從臀部感應到。

「哇啊啊啊啊！」

「沒必要害怕，所有狀況都非常順利喲！」

男旅行者邊開車邊說道。他一面輾過人體一面說話，彷彿是輾過草原的雜草那麼輕鬆自在。

至於他確實又沉著的開車技術，簡直像在配送牛奶那麼熟練。

由於在行進方向旁邊的人群並沒有被榴彈擊中，因此他們用盡吃奶的力氣跑向卡車，但終究還是敵不過卡車全速前進的速度。

卡車只要往黑色群體裡面直衝，就會一面造出紅色的道路一面往前進。

而且每當車體一搖晃，中年男子就不斷發出快哭出來的慘叫。

「咿咿咿咿……咿呀呀呀……」

男旅行者還一派輕鬆地對鄰座的男子說：「我們兜風這段時間要不要稍微聊一下天？」

「不過，如果你不介意的話，還請你睜大眼睛仔細看清楚。現在我們之所以會殺死幾十人，甚至是幾百人，全都是為了你，為了保護你一個人喲！請你不要忘記為了你自己，讓多少人因此喪命，還有那是什麼樣的情況。糟糕——」

突然傳來「啪喀」的聲音，好像有什麼東西掉在引擎蓋上。那是被榴彈直接命中而炸得四分五裂的某人，他的頭顱從高空飛了過來。

受到衝擊而扭曲變形的頭顱，砸在引擎蓋之後就完全碎開，腦袋裡面的內容物都灑了出來。其中一顆噴出來的眼球，正好跟副駕駛座的男子視線相對。

「咿、咿呀啊啊啊！」

中年男子發出自己彷彿被榴彈擊中的慘叫聲之後，就安靜無聲了。

「哎呀？」

男旅行者往旁邊一看，發現他已經癱軟低著頭暈了過去。

「變安靜啦？祝你有個好夢。」

然後就沒再理他。

「師父，我將稍微往左右搖擺喲！」

男旅行者利用無線電一對後面的女子這麼說之後，便稍微緊急切方向盤。往旁邊甩的力量讓卡

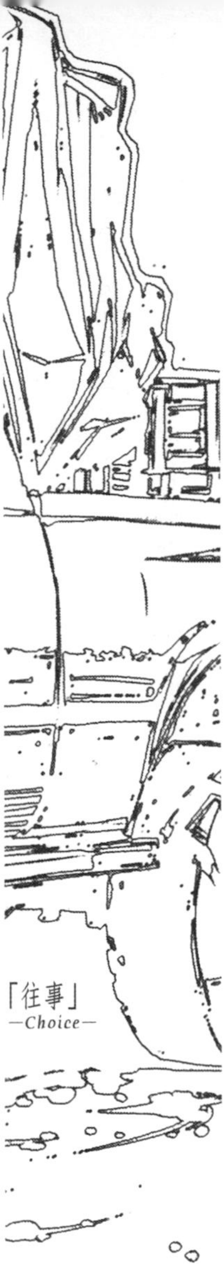

車搖晃，所以引擎蓋上的頭顱只留下一片血肉模糊的痕跡便往下滑落。

「不要讓他們跑了！殺了那個惡魔！」

「宰了那個把我們當臭蟲看待的傢伙！」

無論人們如何大叫，無論人們如何追趕——

都還是沒有辦法阻止那輛卡車。

有如電鑽在人群中一面四射碎片與血肉，一面筆直前進的卡車——

若無其事地穿過人群，然後一溜煙地逃走了。

儘管背後不斷傳來慘叫聲與怒吼，卡車仍然朝著後方連續發射榴彈。

不過瞄準的並不是人們，而是讓它在近距離的位置爆炸，捲起沙塵當掩護。

就在太陽相當低垂的時候。

卡車終於來到有許多衛兵戒備的城牆前面。

沾在車體的血跡被沙塵覆蓋而乾掉，在這輛全新的卡車上畫出不可思議的圖案。而車體的前方跟下面，則黏著已經乾掉的肉片。

在駕駛座的男旅行者，手肘靠在窗邊悠哉地握著方向盤。

坐在載貨台的女子，退到非常邊緣並伸手摸著手榴彈，不過又放開了。

這時候卡車停了。

「客人～！到了喲～！」

男旅行者有如計程車司機似地朝副駕駛座大叫。垂著頭的中年男子抽動一下，終於睜開眼睛。

「總統先生！您沒事吧？」

衛兵們趕了過來，一打開車門便這麼說。

「啊……」

那個被稱為「總統先生」的中年男子，好一陣子還沒搞清楚自己身在何處，但不久——

「啊啊，我沒事……」

終於明白自己來到安全的場所，然後又立刻問：

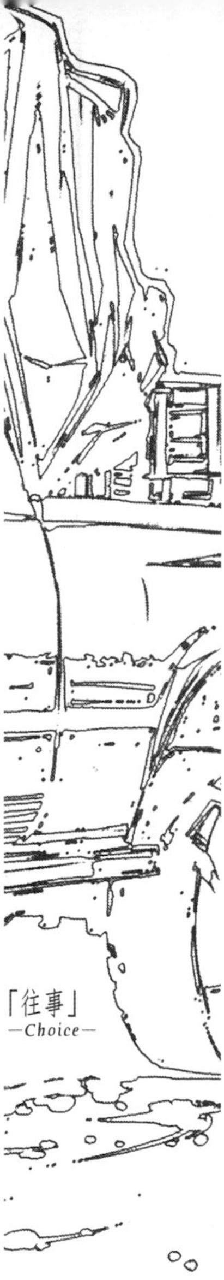

「我家人呢？我妻子跟兒女怎麼樣了！」

其中一名階級較高的衛兵回答：

「他們沒事！您的家人也都順利逃出來了！而且在我們的保護下，已經在城牆外等候呢。好了，請快離開吧！」

話一說完，便催促中年男子從卡車下來。

「原來如此。這樣你就能跟家人、支援者一起帶著金銀財寶逃到國外，開始過全新的生活呢。」

男旅行者雖然看不到中年男子安心的表情，卻開心地這麼說。中年男子則慢慢轉頭——

「…………」

靜靜地凝視男旅行者。

這時候出聲說話的是衛兵，他以嚴厲的口吻說：

「喂！我們很感謝你們成功突破重圍把總統先生帶出來！而讓他的家人變裝分別逃跑的作戰，也都非常順利！但是，委託你的工作並沒有包含不必要的追問哦！」

男旅行者用一如往常的輕鬆語氣回答：

「請不要誤會哦，我並沒有刻意追問或批判，反而想誇獎他呢。」

「你說『誇獎』？」

衛兵如此反問。

「是的。一旦判斷這個國家已經沒用了，就趁逃得了的時候把能帶的東西全部帶走，這樣的做法也不賴。甚至可以說是不錯的做法呢——因為我也是從祖國逃出來的，所以能夠了解。」

「是嗎……你也是……」

中年男子難得對男旅行者開口說話。

「反正，人生有各種際遇喲。只要活著，接下來都是新的開始。」

然後男旅行者回答的這句話，讓他稍微瞇起眼睛。

「你把我帶到這裡，還有我家人的事情，我誠心誠意向你……還有後面那位女子道謝。」

「不客氣！」

「哪天我們在某處重逢的話，屆時我會極盡全力款待你們的。」

「如果真有那個巧合啦——好了，你家人不是在等你嗎？」

中年男子沒有再多說些什麼，他再一次點頭，然後解開安全帶走下卡車。

他跟站在載貨台的女旅行者一度眼神交會，但也是什麼話都沒說，就在衛兵們的保護下離開。他頭也不回地穿過城牆那邊，乍看之下看不出來但特別設計過的小門。

「接～下來，要怎麼辦呢，師父？」

在荒野蔓延的城牆前面，只有兩個人跟卡車被孤伶伶地留下來。

那兒已經沒有任何人。衛兵及所有人都逃往國外，地上只剩下足跡遍布各處。

女旅行者從載貨台下來並坐進副駕駛座，男子開口問：

「那要直接沿著城牆到城門，在變成內亂以前乖乖出境嗎？要是在下一個國家把這輛卡車跟新型武器賣掉，應該能賺到不少錢喲！」

「不，我們回去吧。」

「回去？回去哪裡？」

「回剛剛那些人那邊。」

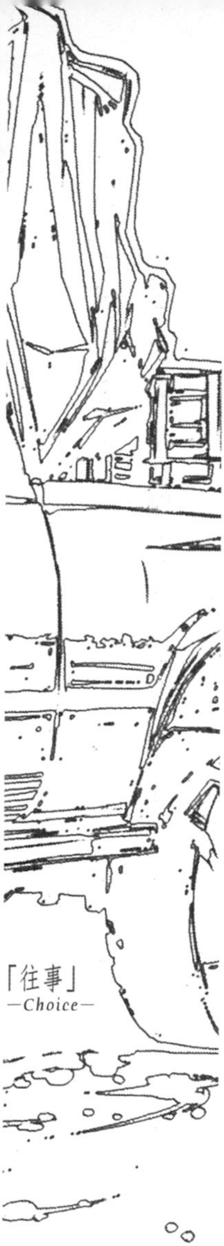

「妳是說，剛剛突破的那些人？——為什麼又要回去？」

「我要把這輛卡車讓給他們。」

聽到這個答覆的男子，露出無法置信的表情。

「為什麼？」

「一時興起。」

「…………算了，反正要開著它到下一個國家也很麻煩。但就算要讓給他們，首先我們的安全也會有危險喲？」

「那要視交涉的狀況而言。屆時的交涉將以我們倆的安全當做交換條件，然後把這輛卡車及武器全部讓渡給他們。得知武器有多大威力的他們，為了往後的鬥爭，照理說巴不得想得到這些武器。」

「話是沒錯啦……但要是交涉破裂，他們用武力搶奪呢？」

「那個時候，只要把他們全殺掉不就得了？」

「原來如此……」

男子思考兩秒之後，立刻做了決定。

「那就那麼做吧，至於交涉，就交給妳了。」

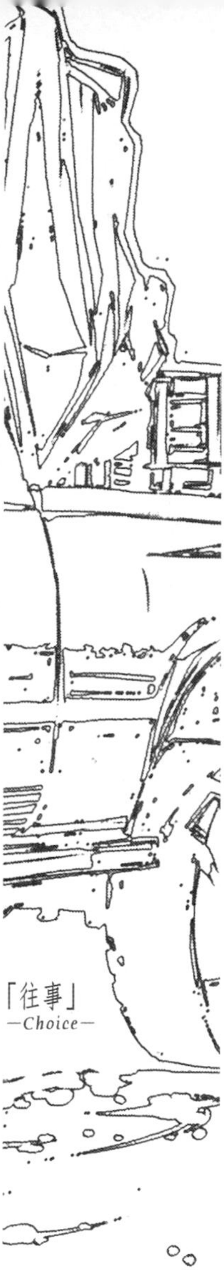

* * *

「結果……後來怎麼樣呢？」

在森林裡某一間木屋裡，女孩開口問道。

外頭靜靜下著雪。暖爐裡的火焰讓房間因為光線與熱度而暖和起來。

被問及的老婆婆緩緩回答：

「後來，我們就把那輛卡車讓給他們喲。當然剛開始他們非常生氣，不過跟代表者的交涉過程中，對方也覺得那麼做比較妥當，也充分了解狀況。因此在轉交的時候，就把他們載到城門附近，然後在讓渡的那一瞬間逃到國外。」

「正如那弟子說的，在其他國家把卡車賣掉，就能賺到不少錢。師父為什麼希望讓給他們呢？」

老婆婆回答：

「一旦有了那輛武裝卡車，就會提高民眾的攻擊力。如此一來，動亂應該就能在短時間平定了。

就結果來說，也能減少人們犧牲的數量。而逃過死劫的人，就能夠出力建立新的國家。」

「原來如此——可是，馬上離開國家的師父，既無法確認情況是否真的變成那樣，也沒有得到任何好處吧？」

「妳說的沒錯。可是，我只是抱持『情況真是那樣就好了』的想法，那就足夠了喲。」

「結果真的變成師父想的那樣嗎？而且，逃走的執政者他們一家人，是否順利呢？」

「這個嘛～我就不曉得了。對我來說，那已經是久遠不可考的事情喲。其實大部分的人，都無法看到自己行動的結果如何。」

「…………」

「所以執政者全家人，或許在嚴苛的旅行途中全部喪命了。也不曉得得到卡車的那些人，是否順利帶領著其他的人們。」

「人生……還真悲哀呢。」

「一點也沒錯喲，奇諾。」

「妳覺得真的存在著所有人都笑著過生活的世界嗎，師父？」

「我不覺得，所以至少——」

「至少什麼？」

「至少在自己能笑的時候就儘管笑喲。」

＊　＊　＊

「這輛卡車是？」

穿著綠色毛衣，腰際插著刀的青年問道。

「這是我們革命之父，即第一任總統當時乘坐的武裝卡車。為本革命紀念館最重要的展示品。」

西裝筆挺的男嚮導如此回答。

青年後面有一頭大白狗，以及板著臉的小女孩。

嚮導口若懸河地不斷說明。

說這輛武裝卡車因為落入幾乎沒有武器的民眾手上，革命才得以一口氣提高氣勢，然後在短時間內落幕。由於戰爭期間死傷人數並不多，才讓後來國家的重建也很順利。

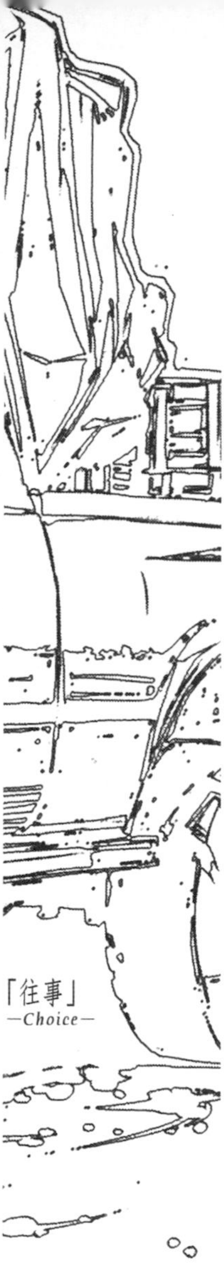

「試作階段在軍工廠屬於最高機密的這項武器，不知為何會交給第一任總統，關於這件事就不得不提起『兩名旅行者』了。某天——」

青年聆聽這落落長的說明，後來嚮導還問他：

「旅行者你們是否聽說過這兩個人呢？就算是傳聞也無所謂。雖然是很久遠的事情了，但你們是否聽說過那兩個人的事情呢？」

「很遺憾，至今從來沒聽說過。」

青年如此說道，並搖了搖頭。

＊　＊　＊

「於是……就逃了出來是嗎？」

穿著黑色夾克，右腰懸掛著左輪手槍的年輕旅行者問道。

「是的，我的祖父僅以身免，勉勉強強逃到這個國家。」

看起來年約三十五、六歲，穿著套裝的女子如此回答。

停在旅行者旁邊的摩托車又問：

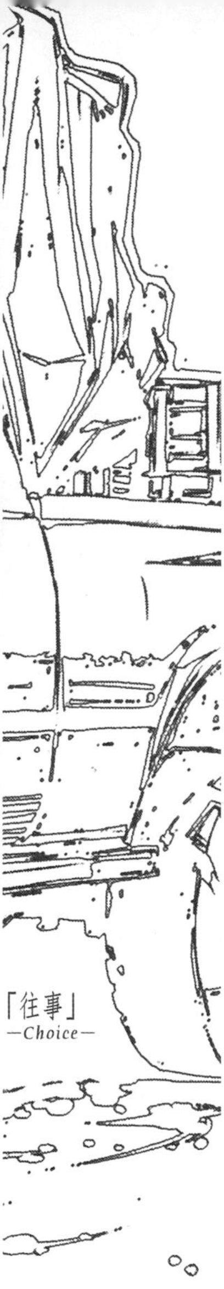

「他移民之後仍然是執政者對吧？因為他是這個國家的前任總統嘛！」

「沒錯。雖然我不曾見過祖父，但是聽母親的描述，他鞠躬盡瘁也在所不辭地替收容自己跟家人的這個國家工作，最後得到眾人的認同而成為執政者，並奉獻一生喲。他說是為了自己無法為祖國人民創造幸福這件事贖罪，同時也為了弔祭當時犧牲的人們。還說，他對那兩個人充滿了感謝。」

「這樣啊——就那兩個豁出性命幫助他逃出來的旅行者是嗎？」

「…………」

女子詢問不發一語的旅行者：

「旅行者，請問你們認識那兩個人嗎？就算是聽到的傳聞也沒關係，雖然那已經是很久的往事，但請問你們是否聽說過那兩個人的事情呢？」

「很遺憾，截至目前為止從來都沒聽說過。」

旅行者如此說道，然後把臉別到旁邊。

微微笑了一下。

第二話
「家族之國」
—Divorce—

第二話「家族之國」
—Divorce—

「那個……抱歉突然打擾妳，請問在昨天入境的一名叫奇諾的旅行者，就是妳對吧？聽說妳還騎了一輛摩托車。」

「是的，就是我沒錯。這是我的伙伴漢密斯。」

「你好——」

「奇諾跟漢密斯是吧？歡迎兩位來到我國。然後，不好意思打擾妳喝茶的時間，但是我有一件事，無論如何都想問問外國人……不知道是否介意我坐在這裡和妳說個話？」

「沒關係，請坐。我也很高興能跟這國家的人說話呢，反正我也想了解這個國家的事情。」

「你就坐下來吧！對了，你說有事情想問奇諾，是什麼事啊？」

「那我就不客氣了……我想問的，就是有關『家族』的事情。」

「你說家族是嗎？」

「是什麼事啊？」

「是的。因為我聽過傳聞之後，一直覺得很不可思議——」

「是的。」「嗯。」

「聽說外面的國家並沒有『離族』，請問那是真的嗎？」

「你說『離族』是嗎？」

「沒錯，就是離族。」

「你所謂的『離族』，是什麼意思啊？這名詞我還是頭一次聽到呢。」

「我也是——那到底是什麼意思？」

「那個……用很普通的解釋，就是指『不再是家族』。」

「『不再是家族』……？」

「我完全聽得霧煞煞。」

「這、這麼說……那傳聞果然是真的囉……就是其他國家並沒有離族……怎麼會這樣呢！哦天哪……這太可怕了……」

「這到底是怎麼回事啊？」

「沒錯沒錯，我真的聽不懂喲！」

「啊，真是抱歉！我因為太震驚了……所謂的『離族』，就是在體制上『中止家族』這種行為。」

「中止、家族的行為？」

「我還是不懂。」

「奇諾你們知道什麼是『離婚』嗎？」

「知道，就是指原本結婚的人們，透過法律確實分開對吧？」

「那個我就懂。」

「對於離族，請把它當成是離婚的家族版。也就是在那之前以家族身分生活的人們，在法律上中止了那個關係。若只是指夫妻這樣的家庭，那跟離婚的意思是差不多，不過離族也包括中止孩子跟父母這種關係。」

「中止孩子跟父母的關係？」

「怎麼中止啊？」

「呃──……一般都只是因為無法共同生活，所以就希望能夠分開。」

「可否請你說得具體一點呢？」

「譬如說，這裡有一個家族。就設定那是父親、母親及兩個孩子所組成的核心家庭吧。」

「是的。」「嗯。」

「他們四個人感情融洽，也很喜歡對方，而且在同一個屋簷下共同生活也不會感到痛苦的話，就能夠繼續當家人。孩子將會每天成長，父母親也會期待他們的成長。」

「的確沒錯。」「這很正常呢。」

「但是，譬如說其中一個孩子他這麼認為：『我不想再待在這個家了，也很討厭父親、母親跟我的兄弟姊妹』。」

「然後呢？」「會怎麼樣？」

「那個孩子可以向政府提出申請，就是離族申請。」

「你的意思是那個申請會順利通過嗎？」

「是的。國家會承認那個孩子的離族申請，讓他能夠脫離家族。對父母親來說，他們會被除去在這之前的扶養義務。而四人家族就會變成三人家族。」

「這樣啊……」

「那麼，那個孩子要如何生存呢？他應該沒有收入吧？」

「是的，國家會支援他的生活。接下來他會在國家撫養孩子的設施生活，但長期待在那兒的人並不多喲。」

「那是為什麼呢？」

「難不成是某人來看到他，說『這傢伙看起來很聰明』，然後就帶回去收養呢？」

「漢密斯，他又不是當寵物的貓或狗……」

「不是啦，可是感覺很像喲。」

「什麼？」

「猜對了！」

「漢密斯說的一點也沒錯，那樣的孩子大多都被想要小孩的家庭領養。因為個人資料會登記在國家的資料庫，只要通過年齡、收入等等條件並具備父母親權利的人，都可以調閱那些資料的。然後想要小孩的人再到設施跟對方見面、懇談。如果雙方都認同、喜歡對方，也判斷可以一起生活的話，就可以成為新的家人。」

「也就是說，成為那個家庭的小孩，是嗎？」

「是的。然後那個孩子就可以得到新的父母跟住處。」

「原來如此。」

「那就是領養囉？那麼能夠申請離族的，只有小孩嗎？」

「不，每個人都可以。像是父母親也可以申請離族。譬如說有一個父親，他與某位女子相愛、結婚並生下小孩。但是有一天他不喜歡自己的妻子，或是小孩，亦或是兩者都不喜歡了，這樣的情況就會受理他的申請，而他就會被剔除父親的身分。從此以後他可以獨自生活，也可以再婚。如果他認識某個沒有父親的家庭又能相處融洽的話，也可以當那個家庭的父親。」

「也就是說，這個國家隨時都能中止家庭的關係？」

「是的。同時，也隨時都能成為新的家人。」

「原來如此啊——就類似跳槽這種事嗎——」

「就『往條件更好的地方去』這個意義來說，是滿相似的呢。只不過，在制度上是不能『把某人趕出去』，而是要採取『某人離去』的形式。譬如說剛剛那個家庭，父親他自己受到其他三人的嫌棄，於是那三個人便申請離族，而兩個孩子馬上就交由母親撫養，變成母子家庭。他們想就這樣生活下去，或者迎接新的父親，那都是他們的自由。至於新的父親那當然不用說了，一定是喜歡那三個人的某人囉。」

「那個……關於『離族』的理由——」

「是的。」

「是基於什麼理由呢？」

「咦？這個問題問得很好笑耶——那還用說嗎？當然是『不再喜歡那個家人』的關係喲。所謂的家人，正如我曾提過好幾遍那樣，必須在同一個屋簷下生活。假設奇諾妳好了，妳願意跟已經不喜歡的人住在一起嗎？妳願意跟已經不喜歡的人一起吃飯、隔著房間睡覺、使用同一套衛浴設備嗎？」

「……不願意。」

「沒錯吧？明明就已經不喜歡父親或母親了，卻還要當那個人的孩子共同生活這種事，還有為了已經不喜歡的孩子拚命賺錢、做飯、照顧他們這種事，都只是在浪費只有一次的人生耶！因此為了跟喜歡的人共同生活、互敬互愛地活下去，便建立了家族制度跟離族制度。」

「這樣啊……」「嗯嗯嗯。」

「然後，這也是用來免於家庭暴力及虐待發生的方法。一旦遭受到語言、肢體等等可怕的暴力行為，就可以立刻逃離。若沒有剛才提到的那個設施，父母親都會擺出『也不想想看你是靠誰吃飯』的高壓態度。這會讓無法生存的孩子淪落為奴隸，說什麼也不能讓孩子們過著精神與肉體遭到壓迫的生活。順便一提，為了補貼設施的營運費，這國家的稅率非常高，但大家都能享受到那個便利性，因此都沒有發出任何不滿或不平的聲音。」

「原來如此啊——」

「所謂的『不喜歡那個家人』，是指雙方都那樣嗎？還是單純只有一方呢？」

「那當然是後者喲！因為就算說『不喜歡那個家人』，但對方如果堅持『我還喜歡你！』而導致離族無法成立的話，那就必須被迫繼續跟不喜歡的人一起生活喲？而且還會陷入自己討厭的對象，還堅持喜歡自己的悲慘狀況！那簡直像是被人嚴刑拷打，跟上一個時代的奴隸制度有何不同呢？所謂的家族，必須是互相喜歡對方，必須永遠相愛才對。」

「這種情形下因為離族而被留下來的家人，又會如何面對自己的狀況呢？」

「這個國家最常使用的方式，就是常見的『被甩了』這種表現。或許大家會因此而感到沮喪，但

會抱持『這也是沒辦法的事』的想法——也就是認命『反正過去也曾甩過別人，搞不好未來還會再甩人呢』。」

「然後再與某人相愛，成立新的家族——」

「是的。」

「那樣的話，大家就完全沒有血緣關係了，對不對？」

「一點也沒錯。可是，這個國家根本就沒有人會在乎那件事。當然啦，能夠有血緣關係又互相喜歡對方，是最理想不過了。但就算有血緣關係，也無法改變討厭那個人的事實。只因為『有血緣關係』這個理由，就被迫跟討厭的人待在同一個屋簷下……這簡直是折磨喲！你們不覺得嗎？」

「我不否認。」「或許是呢——」

「血緣關係不過是生物學上的事實與現象，那種東西根本就敵不過心靈上的契合。更何況，就算是因為相愛而結合的婚姻，夫婦兩人從一開始也完全沒有血緣關係不是嗎？」

「這個嘛～話是沒錯啦。」「原來如此——」

「若只是基於血緣關係，就必須被迫跟心靈不契合的他人共同生活，不覺得那是身為人的一大笑話嗎？我聽說其他國家並沒有這種制度，剛剛經過確認，我第一個想到的就是那件事。其他國家有許多人被封鎖在『家庭』這個閉鎖的環境裡，非但無法逃出還遭受到很悲慘的下場對吧？譬如說必

須聽從不喜歡的父母親指使，或者自己辛苦賺來的錢，還要被已經不喜歡的小孩要去當零用錢……那種人生太討厭了！而且竟然有認同離婚卻不認同離族這種事的社會，真叫人無法置信呢！」

「…………」

「這個國家可以那麼做，不是很好嗎？」

「是、是啊……一點也沒錯呢……抱歉我的情緒突然整個混亂。我打從心裡，很高興自己能夠活在這個國家……現在做過確認之後，更是開心呢。」

「若不會造成你的困擾，可否請教一下，你也經歷過離族嗎？」

「我很想知道呢！」

「有的，我有過三次離族的經驗。離族這種事情，在這個國家並不是不能說的禁忌話題，所以我就告訴妳們吧。第一次是在我五歲的時候。我爸爸因為失業而沉迷於喝酒，因此就跟著媽媽、妹妹申請離族，開始過全新的生活。爸爸他後來擺脫了酒精依存症，向媽媽提出復合的要求，但我們拒絕了。聽說後來出現了願意接受他的好事者，於是他就在某處跟其他家族開始生活。」

「是嗎？」「嗯嗯嗯。」

「幾年後，媽媽她認識了一個不錯的對象，我跟妹妹也很喜歡他，於是就成立了新的家庭。新爸爸是很值得尊敬又了不起的人，至今也是。第二次是我們被申請離族。就在我妹妹十六歲的時候，她討厭我們這些家人而離開。爸爸媽媽跟我當然受到相當大的打擊，不過那也是沒辦法的事。妹妹後來進入某個想要女兒的家庭，聽說目前在那個家過著幸福快樂的日子喲。第三次是不久以前。我跟結婚對象處得不好，於是就申請離族了。不過，最後這一次算是單純的離婚啦！」

「原來如此，謝謝你的說明。」

「對了，這個國家有多少人申請離族啊？」

「根據去年的統計，完全沒申請過離族的聽說有三成。不過那也包括剛出生的小嬰兒，實際上大多數都曾有過一次經驗呢。像各城鎮的公告欄上都貼了許多『誠徵父親！希望是重視家庭大於工作的人，如果有戴眼鏡那更好！』或是『誠徵六十歲至八十歲的祖母！願不願意當我們的奶奶呢？請說一些妳的往事給我們聽！』等等公告喲。」

「這樣……」「好有趣哦！」

「對了！奇諾妳也在這個國家生活一陣子怎麼樣？不管是一年或半年，當某個妳喜歡的人的小孩呢？這樣妳不僅能夠撒嬌，也可以學到許多事情，甚至可以上學喲。」

「不，這就不必了。」

「是嗎？那麼，漢密斯呢？我記得法律條文好像沒有提到摩托車不能當家人，既然你能夠與人對話，也成為某個家族的一員吧！像是摩托車爸爸或摩托車妹妹什麼的，一定會很受歡迎喲！」

「真的嗎？可是該怎麼說呢，我比較喜歡跟奇諾一起到處跑耶，所以還是不用了。」

「是嗎？其實那也不錯啦！那麼，我就此告辭了。很高興能夠跟你們聊天。」

「我也是。」「掰囉——」

「對了漢密斯。」

「什麼事，奇諾？」

「早上，能不能請你早點起床呢？」

「妳這有點強人所難耶，對了奇諾。」

「什麼事，漢密斯？」

「妳騎車的方式，能不能稍微溫和一點啊？」

「那很困難耶。話說回來，你能不能改一改偶爾說粗話的毛病啊？」

「這是很艱難的提議耶～要是奇諾肯規規矩矩幫我做維修保養，搞不好就改得過來呢。」

「既然那樣——」

「我也——」

「不是啦，差不多到此為止了，好累哦。」

「是啊，再怎麼鬥嘴也沒用呢。」

「哎呀——！是旅行者跟摩托車！我從電視新聞有看到你們入境的消息，想不到是真的啊！對了！妳們要不要一起當我的小孩？我每天會弄許多美食給你們吃，也會找有本領的技工幫你維修保養喲！」

「…………」「天哪～」

「怎麼樣？我啊～別看我這個樣子，我可是一家公司的老闆，也是好野人哦！至於小孩子，無論幾個都有能力撫養呢！要不要當我第十六個跟第十七個小孩呢？我會給你們最棒的家、三餐、教育，以及自由自在的生活哦！」

「……這個嘛。」
「奇諾妳先說。」
「漢密斯你先說吧。」
「那一起說好嗎？」
「就那麼做吧。」
「一～二～三——」「一～二～三——」
「我不要。」「交由奇諾判斷。」

KEEP OUT
KEEP OUT
KEEP OUT
KEEP OUT

第三話

「違法之國」

—Just Image It!—

第三話「違法之國」

—Just Imagine It!—

森林裡有條道路。

長滿整片森林的闊葉樹，其中有一半以上已變成紅葉，其他的有綠有紅有黃，還有介於中間的，形成了繽紛的色彩。森林地面也鋪滿了落葉，顯得好不熱鬧。

晚秋的天空非常晴朗，連卷積雲也只出現一點點。空氣相當冷，預告著冬天即將到來。

這道路是森林裡唯一的道路。雖然只是把草木分隔在兩旁，把泥土壓硬而已，但路面寬廣，而且沒有坑坑巴巴。由於森林地勢平坦，道路也顯得很平坦。

這道路筆直沒有彎曲，並且一直往前延伸。

此時有五輛卡車組成的隊伍，正悠閒地行駛在那條路上。

那是加裝車篷的大型卡車，長長的引擎蓋有如突出的鼻子，形狀非常獨特。

年輕力壯的男子正坐在左側的駕駛座，握著方向盤開車。

副駕駛座的車頂是敞開的，有個手持步槍型說服者的男子，正露出上半身監視四周。這些男子都穿著連身工作服，跟附有許多口袋、感覺很暖和的夾克。

那五輛卡車保持一定的行車距離，喀咚喀咚地往前進。

從第一輛到第四輛，車篷底下的載貨台並沒有載任何貨物。載貨台角落只放了裝糧食的箱子跟水箱，然後是燃料罐。

第五輛車的載貨台上，則載了漢密斯。為了防止他倒下，還用繩索牢牢固定住。

然後有兩個人，則是面對面地坐在卡車載貨台左右兩側的摺疊式長板凳上。

其中一人是看起來超過五十歲，表情很嚴肅的男子。他是這個集團的首領，連身工作服上面還罩了一件講究奢華的皮夾克。

另一個人是奇諾，跟往常一樣穿著黑色夾克，腰際懸掛著「卡農」與「森之人」。

然後膝蓋上還擺了只要解除保險，就能隨時射擊的「長笛」。裝了備用彈匣的袋子，也都準備好擺在腳邊。

「再過不久，就快抵達那個國家了。」

首領從載貨架後方一面望著森林一面說道，漢密斯則問他：

「大叔，你光看森林就知道自己身在何處嗎？」

首領一面笑著說：

「當然囉，這條路我已經走了好幾十回，連哪棵樹長什麼模樣都記得一清二楚呢。」

「那真的太厲害了，根本就是專家的本領嘛！」

首領的視線從漢密斯移到奇諾並說：

「護衛的工作幫了我好大的忙喲，奇諾。」

「不客氣，我也因此得以節省糧食跟燃料呢。」

奇諾如此回答。漢密斯只講一句「但我卻是無聊到爆」。

「我非常期待那個國家，想必一定能玩得很開心。」

「嗯？會多開心？」

漢密斯興致盎然地問道。

「剛剛人家說明的時候，是你自己睡著了哦，漢密斯。」

奇諾說道，首領則回答他的問題：

「那兒有文藝方面優秀得驚人的國民，是誕生許多名作小說的國家。識字率極高，國民全是愛好讀書的人，國內到處是書籍。我們都是每年一次到那個國家購買書籍的。無論新書或中古書，我們會大量採購約五輛卡車的份量，再運到其他國家批發販售。」

「搞什麼，結果是書啊？」

漢密斯用非常興趣缺缺的語氣說道。

「什麼？妳說什麼？」

首領大叫著。

那裡是位於國家城門正前方，剷平四周森林樹木而建築出來的廣場。

五輛卡車整齊停放在一旁，前面則站著首領、奇諾跟漢密斯，以及一名身著套裝的三十幾歲女子，她是這個國家的入境審查官。

面對大聲嚷嚷的首領，審查官一度皺起眉頭，然後用官方的口吻說道：

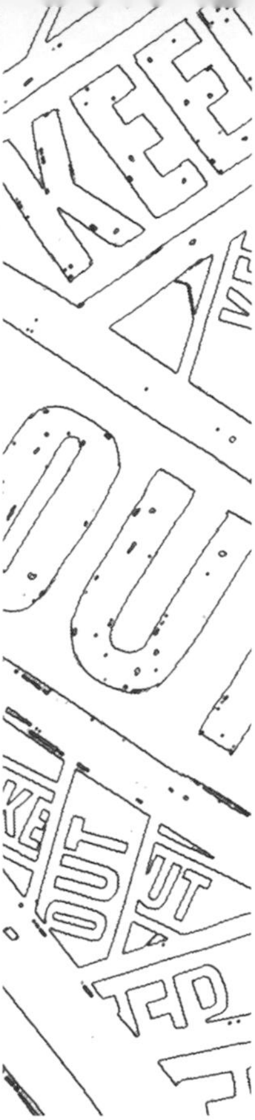

「所以，一切正如剛才跟你說過的。由於我國無法販賣各位想購買的書籍，因此即使入境也沒有用。不過，如果有必要補給燃料或糧食，我國將主動允許你們入境。怎麼樣呢？」

「妳說『無法販賣書籍』……我已經持續二十幾年到貴國做這個買賣耶！到底這一年的時間，發生了什麼事啊？」

「看來你並不知道呢，那我解釋給你聽吧——我國在四個月前制訂了一套法律，全面限制『違法文章』。也就是說，書籍全都變成了違禁品。」

奇諾跟漢密斯不發一語地聽著首領與審查官之間的對話。

「那是……什麼啊？拜託妳用老年人的腦袋聽得懂的話解釋好嗎？」

「知道了，我解釋給你聽吧。」

審查官一副很自豪地說道。然後——

「譬如說——『殺人』跟『竊盜』在你國家算是違法行為吧？」

「這個嘛，難道這世上有哪個國家殺人不算違法嗎？」

「奇諾以前就去——」

聽到首領說的話，漢密斯原本想說「奇諾以前就去過喲」，但話沒說完就被奇諾輕敲他的油箱制止了。

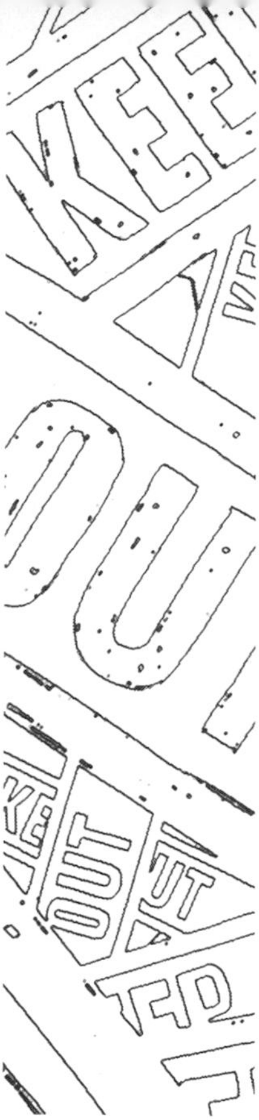

審查官又繼續說：

「法律會依每個國家的體制而有所不同，但是我國也跟其他國家差不多，有些行為被認定是違法的，大如殺人、放火、竊盜、強暴、暴力行為、傷害、詐欺、賄賂、決鬥、未經許可持有武器；小如未成年者的飲酒及抽菸、色狼及猥褻行為，還有像噪音這類的擾民行為等等。到這裡為止你應該聽得懂吧？」

「懂。」

「既然這樣，接下來要解釋就比較容易了——也就是說，我們制定法律禁止現實世界不能做的事情，也不得在小說裡描述。從今以後，任何描述這類內容的書籍都不准製造、流通、進口、販賣。就連單純持有也被禁止，因此持有這些書籍的人必須盡快繳交出來。」

「啥？」「咦？」「……？」

首領跟漢密斯不禁輕聲驚呼，奇諾則是皺著眉頭。

審查官則繼續她有如上課般的說明：

「舉個淺顯易懂的例子好了——像是推理小說。」

「喔喔！這國家的推理小說很受歡迎哦！尤其是《巴士時刻表圈套系列》及《針織衫青年名偵探系列》，在任何一個國家都很暢銷呢！」

首領如此說道。

「那兩套書長久以來在我國的確也很受歡迎，但從今以後都屬違禁品了。因為推理小說的內容，幾乎每次都有兇殺案發生，有殺人犯出現。」

「這是一定要的啊……」

「只要描述殺人這種違法的行為，就無法允許出書。」

「這樣的話，擁有正義感的主角們解決巧妙逃避法網的壞蛋，那部大快人心的娛樂動作小說《天網恢恢疏而不漏系列》怎麼樣了呢？」

「算違禁品。雖然裡面巧妙逃跑的部分，嚴格說起來無法認定是違法行為而不能列入違禁品，算是處於接近黑的灰色地帶——但問題是主角們在『疏而不漏系列』的行動，的的確確涉及了偷拍、脅迫、竊盜、傷害等行為。」

「那麼，年輕人將鄉村道路載貨用的小卡車行駛在國道上賽車的《油門以上煞車未滿》呢？」

「那構成超速、危險駕駛、行駛不當通行區域、違法改造、噪音——理由實在太多了。」

「那描寫順手牽羊遭到逮捕的少年，在少年觀護院洗心革面，最後當上律師的《我有異議！當時的右手》怎麼樣了呢？」

「我看過那本書，內容很令人感動，但只要描述少年順手牽羊的內容，就算是違禁品。以下是我個人的看法，我並不喜歡因為叫做『順手牽羊』就當做是沒什麼大不了的行為。應該要改稱為『竊盜』才對！」

「那麼，描述一群黑手黨的男人及其家人生活的點點滴滴，就是那部大河小說《教父的憂鬱》系列呢？」

「你是不是明知故問啊？光是黑手黨的活動就算違法喲，怎麼可以描寫出來呢？」

「那麼以真實事件改編的小說呢？像是以年輕人襲擊運鈔車事件為主題的《我們的襲擊》，那不是名著嗎？」

「那的確曾經是列入國中國文課本裡的作品——但你應該不會認為，襲擊運鈔車在我們這裡是一件合法的事情吧？」

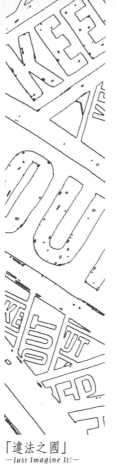

「那麼，異世界幻想傑作《THE 魔法劍英雄譚》系列呢？」

「不能因為是幻想世界，就無論做什麼都無所謂。一旦開此特例，那麼法律就有很多漏洞可鑽了。不然大家都在一開頭註明：『這個世界並非真實世界』，那就能免罪了。」

「結果還是不行嗎？」

「那當然。說到這套系列，裡面的修道士過去遭到神父性虐待的場景就不用提了。還有成為他伙伴的少女靠偷竊維生，以及擊退海盜的小插曲裡，針對海盜們的描述等等，那些都不行的。」

「那許多歷史名作呢？創作於這個國家數百年前的《某族物語》呢？」

「我承認那是一部名作。但內容不是騷擾年輕女子，就是綁架小孩、與有夫之婦產生不倫戀、因為嫉妒而殺人、強暴等等問題嚴重的場景，當然不可能允許它在市面上流通啊！」

「那麼，近代名作《Hadodo》也不行嗎？」

「我已經重覆好幾次了，我承認它是一部在國民之間膾炙人口的名作。」

聽到審查官這麼說的奇諾，小聲詢問漢密斯。

「什麼是『膾炙人口』啊？」

「那指的是『受到人們的稱讚與傳誦』。」

「謝啦！」

奇諾又繼續看著審查官。

「雖然我承認它是名作，但是主角讓少女懷孕，還因為某些差錯而丟下她們母子離去，你覺得法律會認同主角的行為嗎？」

「照妳這麼說的話，那官能小說呢？這國家的官能小說，因為作者的遣詞用字巧妙又擅於炒熱氣氛，所以無論男女都很愛看哦。」

「你放心吧。我們並沒有禁止官能小說，及小說內描述性行為。」

「喔？是嗎？」

「但是，有附帶許多條件。」

「……什麼條件？」

「首先，對象不分男女，任何有關強制猥褻、強暴等等凌辱的行為都很離譜，那應該就不需要多加說明了。可以描述的性行為只限於十八歲以上的情侶，還有夫婦而已。譬如說兩人不管多尊敬、深愛著對方，但是禁止描述十四歲少年少女的性愛。但女性可結婚的年齡是十六歲以上，若要說例

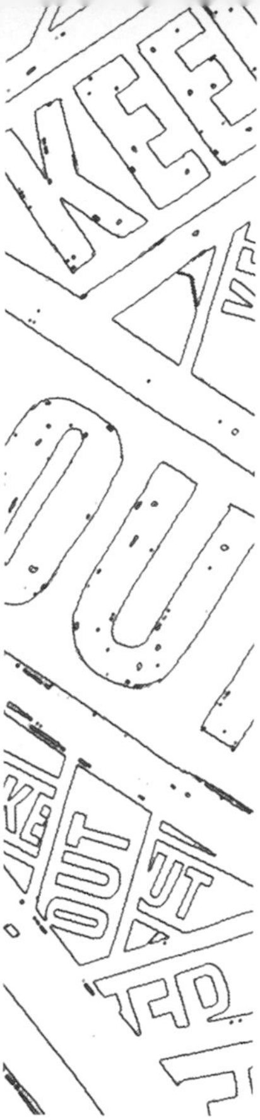

外的話，大概就是十六歲的已婚者吧。如果想要寫官能小說，就必須乖乖繳交人物的年齡設定及年代設定。在描寫性行為的時候，要常常在人物名的前面註明其年齡。譬如說『二十三歲的A與二十一歲的B擁抱在一塊～』等等。然後，行為最高潮時所講的『不要』這句話，只要使用一次就會被視為強暴。無論是一秒或一瞬間，都不能描述毫無愛意的性行為。」

審查官像機器般地做完說明。

「…………」

首領愁眉苦臉地不發一語，漢密斯則代替他詢問：

「請問一下，在小說裡做正當防衛怎麼樣？」

「不行！」

「咦，為什麼？正當防衛與緊急避難，並不是違法行為喲？」

「那我當然能夠理解。但是，小說裡的人物一旦做正當防衛的話，其他人就會被殺死喲？也就是說，那個時候將會採用『脅迫』或『殺人未遂』的描述呢。」

「哎呀呀！」

首領、漢密斯跟不發一語的奇諾沒有再發問，審查官便繼續說：

「這樣你們明白嗎？然後有一件不希望大家誤解的事情，是我們並沒有禁止所有的小說。一切沒有描述違法行為的小說——像是伙伴之間的深刻友誼、親子之間強烈的親情、男女之間清高的愛情、沒有任何錯誤的和平人生、從煩惱找到光明希望的人們等等。其實還是有許多細心描述這些事情的小說喲！」

「這我知道喲！但是……那種內容就太不刺激了。書的內容要是不怎麼有趣，那就不賣喲。童書的話就另當別論啦。」

「所以，我一開始就說了『即使入境也沒有用』。」

審查官斬釘截鐵地回答首領無病呻吟般的反駁。

「基於那個理由，我國現在為了回收違法的小說，正忙得不可開交呢。出版業也忙著重新編纂內容，根本就沒辦法對外進行貿易。」

聽到審查官這麼說，首領突然驚醒似地詢問：

「都忘了問最關鍵的問題！到底是基於什麼理由而需要制定那套令人訝異的法規？究竟是為了什麼呢？」

審查官立刻回答：

「你這問題問得很好笑耶。那很簡單，當然是為了減少這國家發生的違法行為喲！人們一旦閱讀描述違法行為的書籍，就會受到影響，進而希望自己也那麼做。所以是要防止那種事情發生，為了維護這國家的治安，為了建立人人都能夠安居樂業的光明社會。」

「什麼？那是小說的內容哦？全都是虛構的耶？」

「正因為那樣才危險喲！正因為小說裡描述的都是『故事』，所以讀者完全沒有想到那樣的行為是違法的。最後就像毒品上癮那樣。看到身為殺手的主角很帥氣地殺人，但沒有被逮捕，讀者就會認為『啊啊，殺人好酷哦～』身為竊賊的主角華麗地偷竊東西，讀者就會認為『就算偷別人的東西也沒關係』。」

「可是～會受到影響的，都是孩子而已喲。只要大人做好管理，擺在孩子碰不到的地方不就好了嗎？」

「如果你認定那會對孩子造成不良的影響，就必須承認那也會對大人造成不良影響。很遺憾，這世界的犯罪行為大多是大人幹出來的。如果你也是個成年人，應該會懂吧？如果你要硬掰『大人會成長，不會受到任何影響也絕不會犯錯』這種幻想，那這世界從一開始就不需要什麼法律喲！難道你無法想像嗎？無論小孩或大人，都不改他們是未完成的人類這個事實！」

審查官調整一下紊亂的呼吸，然後又說：

「抱歉，其實我國也是有人反對這套『違法文章違法化』的法規。他們口徑一致地說——『就算有人受影響而犯罪，那也不是小說的錯，是那傢伙天生就是壞蛋。大多數的人都很享受小說描述的故事，不會把它跟現實混為一談。而且閱讀這種事，就是內容要包羅萬象，才能夠豐富我們的人生啊！』」

「是嗎？結果呢？」

首領開心地回應。

「但是當贊成派一這麼說，『那麼你們能夠讓受到書籍影響而喪命的被害人活過來嗎？能夠讓被害人家屬重拾笑容嗎？』很有趣的是他們全都啞口無言呢——」

審查官斬釘截鐵地如此說道。

「…………」

首領訝異地說不出話。

「辦不到的反對派根本就站不住腳。於是，我們為了誓死守護無法取代的人命，就認可了『違法文章違法化』的法規。由於小說是非現實世界，導致過去有許多違法行為都沒有被抓到，但那樣的野蠻時代已經結束了！我們將慢慢成長！——好了，如果是想多了解煥然一新的我國，我就允許你們入境怎麼樣？」

審查官如此詢問。

奇諾與漢密斯沒有回答地等待。至於首領他拚命抓頭之後——

「那麼經過了四個月，這個國家的犯罪行為有稍微減少嗎？」

他如此詢問。

審查官立刻回答他：

「不，並沒有改變。」

首領像孩子似地「嘻嘻」笑了起來。

「那麼，不就沒什麼效果嗎？」

「不，那是你的誤解。」

「咦？」

「要是對違法的文章置之不理，其影響應該會促使犯罪案件節節升高。在這四個月的時間都沒有變動的話，正表示它的確有其效果。」

看著自信滿滿的審查官，首領嘆了好長好長一口氣。

「唉……」

然後——

「我想再問最後一個問題。」

「隨便你問吧。」

「截至目前為止，撰寫『違法文章』的作家都怎麼了呢？照理說這個國家，應該有很多那種作家才對。」

「由於這攸關到他們的生活，當然是反對到底。但那種個人的私欲是不可能戰勝人們的安全，法律也順利成立了，他們當然也只有死了那條心。其中有人憤而把筆折斷，也有人朝合法文章改變寫作風格，各種反應都有。」

「有人離開這個國家嗎？」

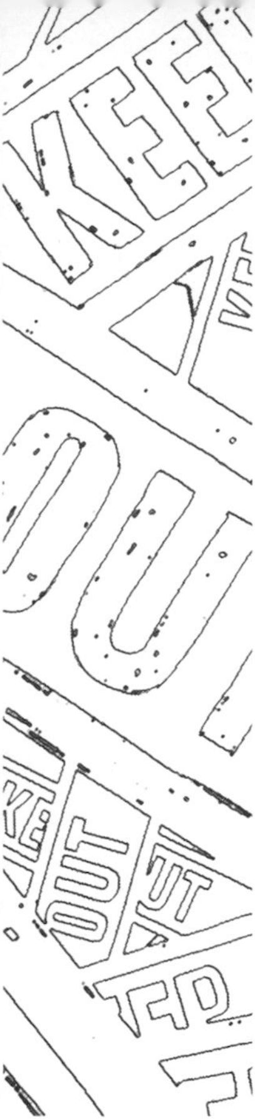

「或許有吧，出入境管理局並沒有掌握到。畢竟我們不會詢問離開這個國家的理由。」

「會不會有很多人自殺啊？」

「好像有，但我也不確定。畢竟小說家平常都是一些特立獨行的人，而自殺從以前就不是什麼稀奇的事情。」

「傷腦筋……」

首領再次面向奇諾說：

「看來我這裡已經不是我所認識的那個國家了，對你們我真的感到很過意不去。」

「請不要在意，抵達之後才發現國情整個轉變，這種事其實很常見的。因此也要把那種狀況列入期待之中呢。」

「是嗎？這應該就是旅行者的專業技巧呢。」

那麼說的首領接著把臉轉向審查官。

「既然入境也沒什麼用，那我們就——」

首領話突然說到一半。

「喂，那是什麼？」

首領指的地方，是高聳的城牆上面。那兒出現了一整排小型砂石車，而且正開始傾斜載貨台把什麼東西倒出國界外。

那是許多紙箱，落到地面就摔破，裡面的東西還散了出來。至於裡面的東西——

「那是在丟書嗎？」

首領說的一點也沒錯，裝在紙箱裡的是大量的書籍。

「是的。因為回收作業好不容易結束了，今天開始要把收集的大量書籍都丟掉。因為在國內焚燒會造成空氣污染，所以暫時先丟在城牆與森林之間。就國防觀點來看，每次開城牆丟書又不太妥當，所以先從上面往下倒，等累積某種程度的數量，再請軍方在城牆外開堆土機處分——」

「請問你們是否有制定法律，不得撿拾丟在國界外的物品？」

「咦？那倒是沒有……」

聽到答覆的首領臉上露出笑容，接著回頭吹起指哨，然後朝那堆書猛衝過去。

在卡車附近休息的十名男子，連忙跟著首領後面追上去。

奇諾對審查官這麼說：

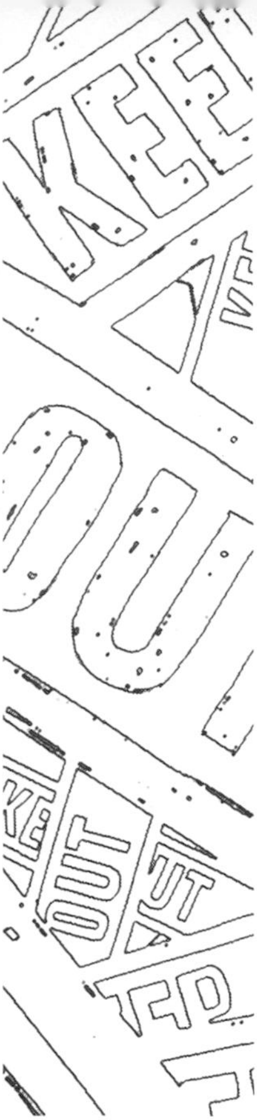

「抱歉借過一下，我們也想看看。」

然後就推著漢密斯往堆積如山的書籍那邊走去。

獨自一人留在那兒的審查官，小抱怨了了一句：

「真是的……到底要不要入境也講清楚好不好？」

奇諾跟漢密斯一追上去。

「這可是寶山耶！」

首領站在書籍前面開心地大叫。

被丟出來的書籍之中，有些因為撞擊而破損，但下面的書籍可能被當做墊底的關係，書況幾乎沒什麼問題。

在一座書山的旁邊，又有另一座書山「咚咚咚」地堆積。而首領一面小心不要被書籍砸到，一面聲音洪亮地下指示：

「你們幾個！先從書況較好的開始搬上卡車！盡可能塞到裝不下為止！如果有裝在紙箱裡的，就直接抬上卡車！系列作品盡可能把集數湊齊！」

緊接著十名男子開始迅速著手工作。

為了不妨礙他們工作，奇諾把漢密斯停放在稍微遠一點的地方，並撿起一本滾到面前的書。

書名是《牛奶配送連續殺人事件》。然後封面上還貼了一張紙，那張紙是這麼寫的——「有殺人場景」。

奇諾把那本書拿給漢密斯看之後，又撿起另一本書。

書名是《亞尼卡的冒險》。貼在上面的紙則註明——「有少女偷飛機場景，跟少年拿槍射殺人的場景」。

漢密斯開心地說：

「如果把奇諾の旅寫成小說，絕對無法在這個國家出版呢。」

「的確沒錯。」

這時候首領走到表示贊同的奇諾面前，奇諾把那兩本書拿給他。

「這樣的話，我們就不需要付錢了！這下子賺翻了！可是……也不用再來這個國家了，虧我還相當喜歡這裡呢……」

首領前半段說得很開心，後半段卻很難過。

「我們馬上會先回去一趟，再過來載書。至於奇諾你們就請自便了，不好意思我們趕著工作，先告辭了。」

話一說完就馬上回去工作。

奇諾先看著那群開心工作的男人們——

「…………」

再回頭看一次閒閒沒事站在城門等他們的審查官。

「那麼，該怎麼辦呢？」

奇諾自言自語的時候，發現有一本滾到腳下的書。

那是正在取捨書籍的男子，覺得不要而丟棄的書。奇諾往前走了幾步，並把它撿起來。

書名是——《近未來預想物語～獻給明日的孩子們：人類的想像一定會實現～》

貼在上面的紙則註明——「在過去的場景，描寫了大人毆打、怒罵孩子，甚至於擅自把孩子喜歡的東西拿走的行為」。

「跟剛才審查官，說的一模一樣啊……」

「嗯？奇諾，妳在說什麼啊？」

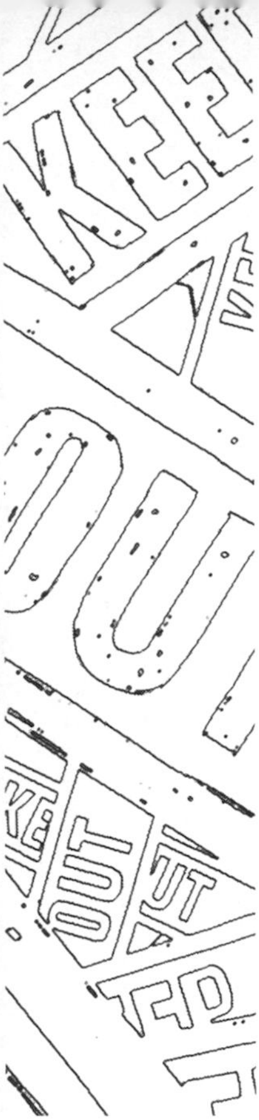

「剛剛那個人不是這麼說嗎——『難道你無法想像嗎？無論小孩或大人，都不改他們是未完成的人類這個事實！』」

第四話
「旅行者之國」
—*Last Will*—

第四話「旅行者之國」

—Last Will—

我的名字叫陸，是一隻狗。

我有著又白又蓬鬆的長毛。雖然我總是露出笑咪咪的表情，但那並不表示我總是那麼開心。我是天生就長那個樣子。

西茲少爺是我的主人。他是一名經常穿著綠色毛衣的青年，在很複雜的情況下失去故鄉，開著越野車四處旅行。

同行人是蒂。她是個沉默寡言又喜歡手榴彈的女孩，在很複雜的情況下失去故鄉，然後成為我們的伙伴。

目前我們正坐在越野車上，在夏季草原的一條道路上奔馳。

雖說時值夏天，但這裡是緯度跟標高都很高的區域，因此氣溫反而很低。

要是在氣候四季分明、溫暖潮濕的其他區域，這裡還相當於當地初春的低溫呢。

因為是敞篷越野車，坐在駕駛座的西茲少爺總是一身牛仔褲加毛衣的打扮，還戴著防風眼鏡。

坐在副駕駛座的蒂，則披著兼具防寒用的雨衣。

至於我，就坐在穿著短褲的蒂她纖細的兩腳之間，充當她裸露雙腳的暖暖包。有時候，蒂的下巴還會搭在我頭上。

草原有如在歌頌短暫的夏季，長滿了茂密的花草。其中還看得見稀有的高山植物。道路左右兩側是一整片的綠意，延伸到遙遠的地平線。放眼望去只看到蔚藍的天空跟綠油油的大地。

這裡面有一條延伸的道路，不曉得是誰在何時建造的，是一條石板路。

大塊的石頭在地面鋪得滿滿的，寬度大約可容會車而過。

由於路面毫無高低起伏的關係，所以算是相當平坦。就算越野車行駛在上面，也幾乎不會搖晃。雖然這也是因為越野車的懸吊系統是用來行駛不平整的地面，性能本來就很優越。

道路非常筆直，但偶爾遇到沼澤或湖泊就會繞道而行。水鳥聽到越野車的引擎聲並沒有驚嚇到，反而還悠哉地在水面游著。

越野車不急不徐地行駛在灰色的道路上，行進的方向應該是西南。

西茲少爺的視力不僅超好，駕駛技術也不賴，但不會因為路況不錯就任意飆車。

雖然那樣駕駛跟乘客比較不會累，也不至於傷到車體，但最大的理由還是耗油量。

畢竟燃料有限，所以能跑多遠就盡量跑多遠。利用交通工具旅行的人都知道，如何利用最適當的燃料費跑出適當的速度，這完全沒有例外。而駕駛都會慢慢習慣遵守那樣的駕駛方式。

西茲少爺有時候會一面問蒂冷不冷，一面從早上就不斷開車。

就在快接近中午，差不多該停下來休息、吃飯的時候。

「想不到有人，真罕見呢。」

西茲少爺第一個發現到。

察覺到越野車聲音的那名旅行者，回過頭看。

是一名年約三十五、六歲的男性。跟我們走同一個方向，在那條道路行進。他移動的手段是靠自己的雙腳。

他身材雖然很瘦，但看起來很健壯。他銳利的眼神，顯出意志似乎很堅強。

他穿著破破爛爛的綠色長褲跟長袖襯衫，還戴了一頂帽簷極寬的帽子。

他把帳篷跟睡袋等旅行用品全塞進一只大背包背在身上，但可能走路很熱的關係，皮大衣是垂吊在背包上。

一把步槍型說服者以皮製背帶掛在他身體前面。機型輕小又能全自動連發，應該是軍隊用的優秀槍械。

男子剛開始對接近他的我們露出訝異的表情，但不久就笑著對我們揮手。應該是看到坐在副駕駛座的蒂吧。

西茲少爺慢慢減速，把越野車停在男子旁邊。

「嗨～旅行者們！」

他笑嘻嘻地對我們打招呼。

「你好，旅行者。」

西茲少爺為了表示沒有敵意，也回以笑容。

然後，西茲少爺邀請男子一起吃午餐。

我們把越野車停在路旁的草原，三個人跟一隻狗……也就是我一起吃午餐。

西茲少爺在爐子上把裝在鍋子裡的湯煮沸，再加入經過低溫脫水處理的蔬菜及肉類，最後熬煮出一鍋雖然簡單但暖呼呼的燉牛肉。然後，還附上為了保存而烤得硬硬的麵包。

而男子也在西茲少爺的邀請下，大方地說「那我就不客氣了」。

在悠閒準備午餐以及享用的過程中，男子跟西茲少爺不斷在對話。

首先是簡單的問候，男子自稱克羅斯，本名是什麼我們並不知道，但原則上並沒什麼問題。

兩人從天候到剛剛的路況，天南地北聊了一陣。等到吃完飯時克羅斯先生便主動敞開心胸了。

克羅斯先生花了半年多的時間，一面收集各個國家的線索，一面徒步旅行至今。

他的故鄉是我們不曾造訪過的國家。那是個小國家，而且仔細問過發現，那國家似乎並沒有跟其他國家有所交流。

而他要前往的，跟我們一樣是位於這條路前面的國家。

情報如果正確的話，大概再走一段距離就到了。徒步走要花個幾天，開越野車如果卯起來趕路的話，應該今天之內能夠抵達。

西茲少爺確認對方並不是即將前往的國家的居民之後，克羅斯先生說話了：

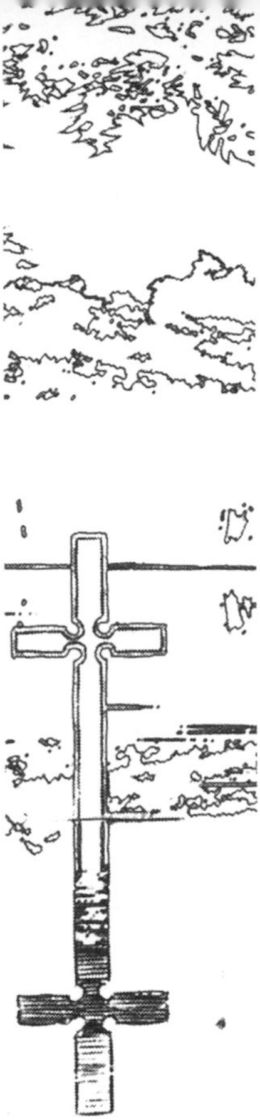

「其實我啊，是為了到那個國家傳達一件悲傷的事情，才出外旅行的。」

「請問是什麼悲傷的事情呢？」

西茲少爺問道。既然克羅斯先生起了那樣子的頭，應該是想利用那個話題讓自己輕鬆一點吧。

「…………」

蒂則是不發一語地用她那雙綠色的眼睛，盯著兩個人看。

「我必須到那個國家傳達某人的死訊。對方是來自當地的旅行者，到了我國之後又死在那裡。」

克羅斯先生說道。

「那個人是跟我同年齡的男性。好像是為了讓他的故鄉變成更好的國家，也為了增廣自己的見聞而出來旅行。五年前他騎著馬來到我國，但當時我國正陷入無法想像的極糟狀況。」

「你所謂的『極糟』是？」

「就是原因不明的傳染病。有一成的國民罹患那種傳染病，體力較差的人都一一死去。為了防止感染，全體國民的行動都遭到限制，而國家的機能眼看就要瓦解了。」

這時候克羅斯先生一度仰望藍天，並嘆了一口長長的氣。

「在極糟狀況來到我國的他，簡直是我們的救世主。他對自己在旅行途中習得的醫學頗有心得，因此充分活用那些知識。為了拯救我們這些陌生的國民，他不惜鞠躬盡瘁拚命地醫治我們……」

這時候，他稍微停頓了一下沒說話。西茲少爺、蒂跟我，耐心等待忍住淚水不哭出來的克羅斯先生繼續說下去：

「大約一年後，國家得到拯救。許多人幸運沒有喪命，我也是其中之一。但是他因為疲勞過度而弄壞身體。罹患其他疾病的他，在照料無效的情況下去世了。但是他到最後都沒有失去希望，還一直說『好想回去家人所在的國家，好想回到環抱著美麗湖水的祖國』……」

這次他停頓的時間更久，我們一樣等待他開口說話。

「於是我國決定要派傳令兵到他的祖國。我們將懷著最大的感謝，傳達他的死訊，把他的遺髮及遺物送回去，並轉告他是我國的英雄這件事……但是，對於不曾出外旅行的國民來說，那並不是一件簡單的事情。雖然好幾次組了旅行團啟程，但都因為旅行伙伴的體力不同跟經驗不足的問題，結果全都退回來。唯一的成果是有調查出前往他祖國的路……」

「那麼，這次輪到你被選上是嗎？」

「是的。結果發現單槍匹馬出來旅行比較適當，於是從軍中挑出體力佳的人選。這是一項榮譽的任務。能夠接下這個任務，我打從心裡感到很驕傲，也很開心。」

「但是這一路上的旅程，絕不輕鬆吧？」

「是啊……」

聽到西茲少爺這麼安慰自己的克羅斯先生，輕輕地點頭贊同。

像是飲水及糧食的問題、襲擊過來的野生動物與盜賊等等，這都是旅途中會面臨到的重大問題。如果經驗不足的話就更不用說了。

只不過，徒步旅行的確是很踏實的方法。

如果搭乘交通工具的話，就得設法把它修好，而且燃料必須經常儲備充足。更重要的是，原則上那只能行駛在平坦的場所。

至於馬匹這類動物，相當能克服一些不好的路況。如果行走在草原，倒還有食物可以吃。但是到了除此之外的場所，就必須同時攜帶牠的糧食。

若擁有基本的體力，旅途中也能確實做好健康管理，徒步旅行這種事絕非無謀之事。只要多花

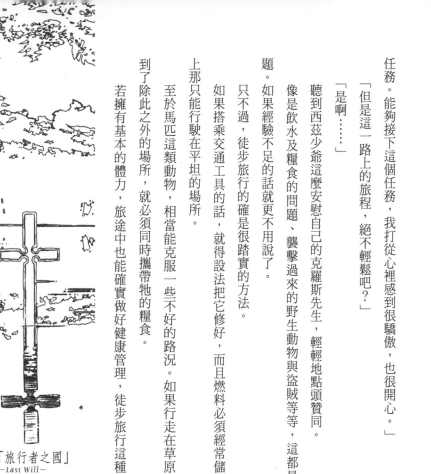

點時間，人類的雙腳可是能走相當長的距離呢。

「可是，我已經來到這裡。只差一點點，只差一點點就要到了。等我一抵達目的地，將立刻尋找他的遺族，然後親口轉告所有的事情。」

「雖然我無法幫忙轉達那些事情，也沒有什麼可以做的事情——」

看著讓人感到他驚人之處的克羅斯先生的臉，西茲少爺先起了這樣子的頭，然後又說：

「但是我能幫助你非常快速縮短抵達那裡的時間，如果你願意信任我的話。」

也就是說，讓西茲少爺載他去那個國家。

越野車雖然只有兩個座位，但後面的行李上面還能夠坐人。我不僅曾經那麼做過，蒂偶爾也會站在那裡，抓著座位上的框架享受吹著風的感覺。

「…………」

克羅斯先生不發一語地回望西茲少爺的眼睛，可能是沒想到自己能夠搭乘越野車吧？

然後他考慮了一會兒。

「那就麻煩你了。」

只講這麼一句話並深深一鞠躬。

越野車在石板道上行駛著。

我則是在座位後方的行李上面。

「…………」

看守不畏寒風盯著前方看的蒂不要摔下車，不過為了以防萬一，已經在她腰部綑上登山用的繩索。但我反而害怕摔下車的會是我呢。

分別坐在駕駛座跟副駕駛座車的西茲少爺跟克羅斯先生，開始沒有隔閡地聊了起來。

「你是個很不可思議的人呢——雖然看起來不像是我這樣的士兵，但也不像是絕對不會戰鬥的人。雖然你到處流浪，但也不像是常見的那種孤僻的人。」

「這其中有許多原因，我也盡可能希望能找一個國家安定下來，只不過一直很不順利。」

「這樣子啊……其實我國也是，除非是特殊案例，否則也幾乎不允許外來人移民呢。而我這一路上造訪過的國家也是那樣。」

「因為大家都不太喜歡外來的人呢。」

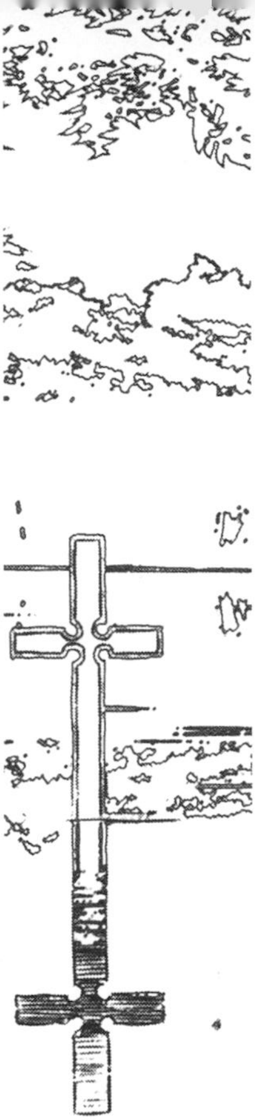

「我想西茲先生你們應該也知道，其實你們並不是惹人嫌喲。只是說移民這種事情，如果承認一個人的話，接下來的就無法拒絕了。要是一個接著一個跑來申請移民，國家很可能會被竊據，所以一定要慎重其事才行。這跟法規制度及領土問題一樣，都要慎重呢。」

「這我知道，所以我很希望能居住在那麼慎重其事的國家。」

「這真是左右為難的事呢——希望你們早日找到能夠安定居住，融入當地生活，也值得豁出性命又了不起的國家喲！」

「謝謝你的祝福——對了，這一路上你遇過什麼樣的旅行者呢？是否遇過一個騎著摩托車，自稱是奇諾的年輕旅行者呢？」

「沒有耶……這一路上我遇見過的人、聊過天的人、互相殘殺的人……他們的特徵我全都記得一清二楚的，但就是沒有人是騎摩托車呢。你們認識嗎？」

「是的，她是我們的救命恩人。看起來是十幾歲的少女，但使用說服者的技術很了得，是比我還要厲害又勇敢的旅行者呢。」

「…………我完全無法想像她是個什麼樣的人呢。」

眼睛瞪得圓圓的克羅斯先生半開玩笑地那麼說，西茲少爺也開心地笑了起來。

由於急著趕路的關係，我們好不容易在這一天的傍晚，於夏日夕陽下山以前，抵達看得見地平線上的城牆位置。

西茲少爺對位於地平線那頭的小黑影感到在意，於是把越野車停下。

結果那是具有頂端略粗圓這種特徵性高塔的城牆。克羅斯先生一面用小型望遠鏡確認，一面斷定「是那個國家沒錯」。

「終於來到這裡了啊……」

他感慨萬千地喃喃說道。

「…………」

至於在後面待在行李上面的蒂，則一面默默咬著攜帶糧食的晚餐好一陣子。過沒多久又迅速地「卡滋卡滋」吃了起來。

然後這一天，我們決定在這裡紮營休息。

就算現在卯起來趕路，抵達的時候已經是太陽下山後。相當多的國家到了夜間都絕對不開城門

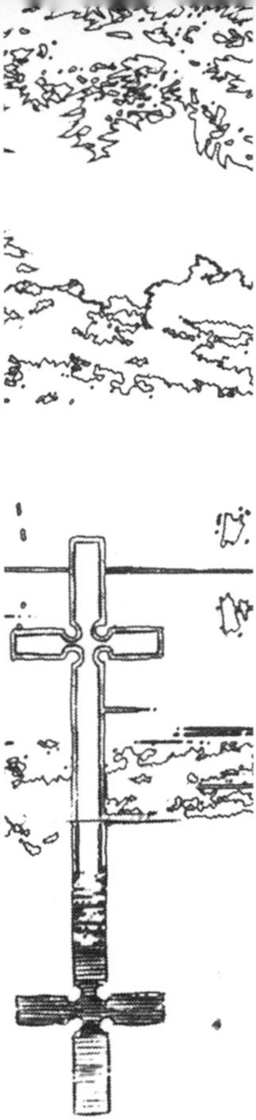

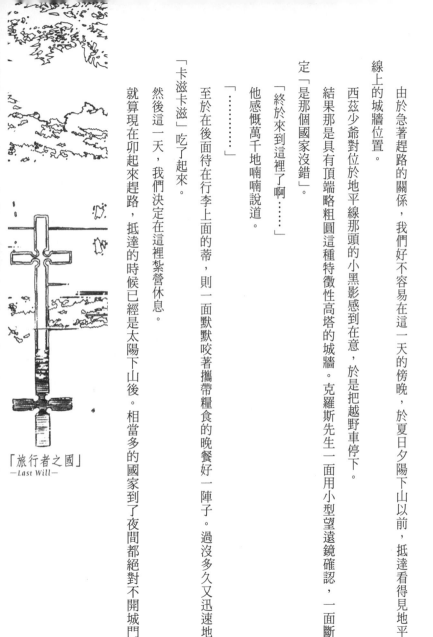

的。由於克羅斯先生也知道這種慣例，因此在充分的了解下壓抑想盡快抵達的心情。

西茲少爺把越野車停在距離道路不遠處，然後三人就各自搭起帳篷。由於是每天晚上睡覺的床舖，大家搭建的手法都很好熟練，搞不好閉著眼睛都搭得起來呢。

蒂的帳篷依然搭在西茲少爺的旁邊。

為了充分利用陽光，旅行者都很早就寢。夜間行動所需要的能量並不多，晚餐往往只吃最低限度的分量，因此少量的攜帶糧食跟茶就解決了。

三個人消失在帳篷裡以後，我則留在外面看守。

今天是個沒有月亮，但星星很美的夜晚。

我可以察覺出每個人一舉一動的跡象，而直到最後仍睡不著的，是克羅斯先生。

旅行者的早晨都很早。

他們幾乎都跟著黎明同時醒來並開始行動。

說到睡眠時間，當然是冬天長夏天短。就生理時鐘來說是正確的運作，因此不會感到辛苦。

現在天空白濛濛的，還有說是冬天一點也不為過的氣溫。草原則充滿了濕氣。

「早安，陸。」

西茲少爺吐著白煙從帳篷裡出來。

「喲！」

然後是蒂。

「早安，各位。好一個美好的早晨呢，還能夠像這樣對人家說『早安』。」

最後是克羅斯先生。

西茲少爺跟克羅斯先生，動著身體舒展一下筋骨。然後西茲少爺開始做揮刀的練習，克羅斯先生則是做處理說服者的練習。

「…………」

蒂只是默默在一旁看，但不久可能覺得無聊吧，於是開始坐在引擎蓋上幫我刷毛。

能夠把全身上下的毛都往後梳開，那感覺真的超讚。但唯獨梳完額頭之後梳子會打到我鼻子這點，希望是能夠避免啦。

後來我們吃過一天之精力來源的早餐，越野車便行駛在快要日出的大地上。

車上的人都感受到坐在副駕駛座的克羅斯先生非常緊張。

他的話不但變少，還靜靜地盯著越來越龐大的城牆看。

越野車慢慢朝他旅行的目的地接近。

早上我們在城門接受入境審查。

西茲少爺詢問有關移民的事宜，但結果還是跟事前預期的一樣。如果對這個國家沒有多大的助益，是無法允許移民的。

西茲少爺跟往常一樣取得了解後，便申請入境兩天以便休息並做補給。這個就立刻允許了。

另一方面，克羅斯先生這邊並沒有告知入境的原因，只希望能夠允許他入境休息，而審查官也告知他入境是幾天的限制。克羅斯先生之所以沒有說出理由，是覺得想要直接告訴那個人的遺族。

穿過城門之後，呈現在眼前的是環繞中央湖泊的遼闊領土。

有農田有屋舍，遠處還依稀看到高樓大廈，因此科技也算發達吧。看樣子應該可以補充越野車的燃料。

但姑且先不管我們，眼前要先解決克羅斯先生的問題。

那個旅行者的姓名跟大致上的住址等等情報，似乎在他去世前有問過。

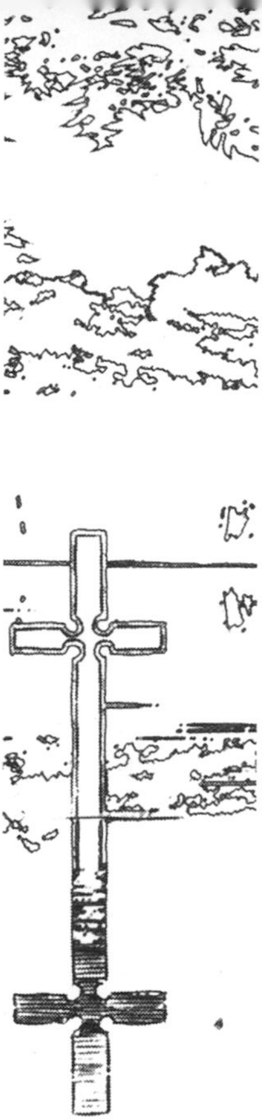

於是我們憑著那些情報在城門旁邊的地圖尋找，克羅斯先生率先找到了。位於湖泊南岸的某個城鎮，跟他聽到的城鎮名字一模一樣。

若從目前所在的城牆到那邊，幾乎要橫越整個國家，因此距離相當遠。

「好了，我們出發吧？」

西茲少爺笑咪咪地說道。

「謝謝，我這輩子都不會忘記你的大恩的。」

克羅斯先生坐進副駕駛座。

滿載著略髒的旅行用品的越野車，還有以金剛力士之姿站在上面的撲克牌臉少女，這在哪個國家都算是難得一見的畫面吧。

雖然我們連行駛在路上都相當引人注目，但抵達目的地那個城鎮的大馬路時，卻完全被湧上來的居民團團圍住。

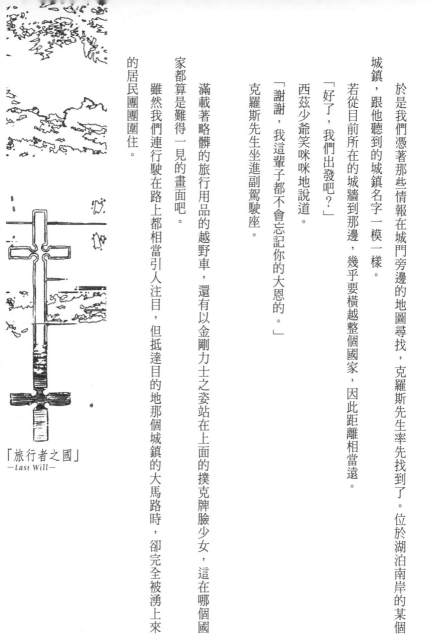

看他們臉上掛著滿滿的笑容，可以知道他們並沒有敵意，但這樣越野車想要稍微移動都得費一些工夫呢。

站在最高點睥睨人們的蒂，看起來似乎有些開心。這可能是我神經過敏吧？

結果，對於這場騷動看不下去的年長男性，也就是這個城鎮的鎮長走出來了。他讓我們把越野車停在鎮公所旁邊，還派人幫我們看著不要讓鎮民隨便動它。

克羅斯先生開口詢問鎮長。

他說出恩人的名字跟身材特徵等等已知的情報，並詢問是否能夠跟那個人的家人見面。

不過詳細情形他沒有說出口，當然也包括他客死異鄉這件事。他覺得祖國受到他許多關照，只想向他的家人表示謝意。

結果，很快就從出入境的紀錄找出他想找的家庭。克羅斯先生原以為會有某種程度的困難吧。

「那真是……非常、感謝你的幫忙……」

結果露出很掃興的樣子。

鎮長先生親自騎馬帶我們去那個人的家。握著方向盤的西茲少爺一面開著越野車跟在後面，一面對克羅斯先生說話：

「我不會透露隻字片語。」

克羅斯先生露出有些意外的表情，但明白那句話的含意之後又往前看。

「啊啊，我知道。我會全盤托出的。」

我們被帶到距離鎮公所有些距離的一處透天厝。

是這附近很常見又樸實的木造透天厝，也是四周有高大的樹木跟綠色農田的小木屋。

下了車的克羅斯先生，光是踏出他的第一步就花了幾十秒的時間。我們則是靜靜地等待。

那戶人家裡有一對七十幾歲的老夫婦，跟一名三十幾歲的女子。然後跟其他居民一樣，穿著很樸素的服裝。

他們很訝異到底發生了什麼事，鎮長先生則向他們介紹克羅斯先生，並告訴他們有人在國外見過那個人。

我們所有人很快被請進屋內，鎮長先生則回去他的工作崗位。

老夫婦跟女子都是親切又有禮貌的人。這個家看起來雖不富裕，但也是會端茶跟茶點出來招待

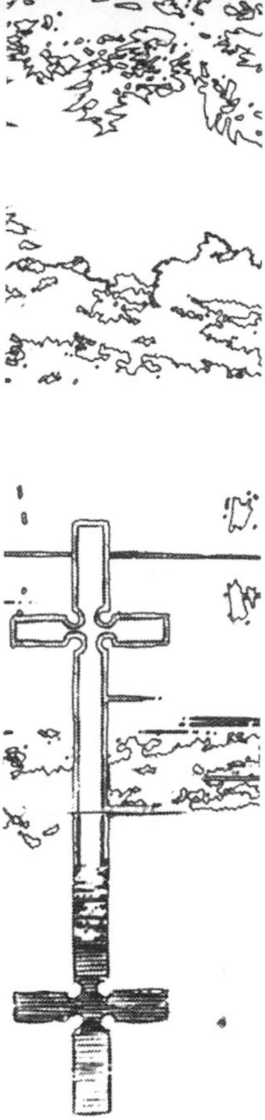

我們這些旅行者。

接著就聽他們自我介紹。老夫婦是那名旅行者的父母，女子是他的妻子，膝下並沒有小孩。

他們跟西茲少爺、克羅斯先生隔著狹窄的桌子面對面坐著。由於椅子不夠用的關係，因此我就坐在牆邊的地板，蒂則站在旁邊。

克羅斯先生幾乎快哭出來，連我這邊都感受得到他的緊張，但我們並不能替他說些什麼。

接著克羅斯先生開始娓娓道來，聲音聽起來好像從身體底部擠出來似的，又好像是呻吟。

「你們的兒子，也就是妳的先生，五年前來到我的國家——」

克羅斯先生先從事實的部分起頭。

然後徐徐說出當時國內陷入傳染病肆虐的危機狀態，那時候他發揮旅行途中所習得的醫學知識盡力醫治人們，結果救了好幾萬人的命這件事。以及後來成為國家的英雄這件事。

最後又說出國家希望向他的家人表示最大的謝意，因此克羅斯先生以代表者的身分前來這裡。

「天哪！是真的嗎？那孩子居然會做那種好事！我還以為他在別的國家出了什麼差錯呢！」

「是啊，真是令人吃驚呢！他都不下田工作，只曉得旅行而已！總覺得他是個令人頭痛又沒定性的人呢！是嗎，我兒子他……」

聽到老夫婦訝異的言語——

「哎呀？我早就發現到那個人的優點喲！」

以及他妻子開心的言詞，克羅斯先生不禁低著頭還緊咬著下唇。

西茲少爺跟我都明白克羅斯先生內心的痛苦。因為他接下來必須告訴這些人，有關他們親人的死訊。

開心的這一家人又乘勝追擊地說：

「克羅斯先生，感謝你告訴我們這個令人開心的消息。不好意思還勞駕你跑這一趟。請你把頭抬起頭來吧，等我兒子回來以後，我會把這件事確實告訴他的。」

「哎呀～老公，要是稱讚那孩子，搞不好他就趁機又跑出去旅行喲！我看乾脆不要告訴他本人，就當做是我們三個人的祕密怎麼樣？」

「我也贊成媽媽的說法！真是的，那個人這時候不曉得在什麼地方閒晃呢？」

「那麼，就當做是祕密吧……我也希望他能夠改一改那毫無定性的個性呢～」

那些話一句句刺傷著克羅斯先生的心。

西茲少爺跟我都很清楚。

克羅斯先生鐵定也很明白。

知道還是有其他方法「不說出實情」。

反正又沒有人知道，這時候克羅斯先生大可以說謊矇混過去。

只要說——「然後，我們淚眼目送拯救我國的英雄啟程離開」。

如此一來，這個純樸又幸福的家庭就不會感到悲傷。

當然，這個家的兒子兼丈夫的那個人，絕不可能回來。

不過，這個家將開心地抱持「他總有一天會回來」的希望吧。

西茲少爺跟我都很清楚。

克羅斯先生鐵定也很明白。

那麼說的話，就無法達成自己的使命。

克羅斯先生之所以豁出性命徒步旅行至今，應該就是為了傳達真相給那個人的家人。

身為軍人的克羅斯先生，不僅肩負著這個任務，也肩負了國家、國民的命令。

若因為私人感情而放棄任務，就會辜負許多人的期待。

我們知道無論做哪一種選擇都會很痛苦。

而真正的選擇權是在克羅斯先生手上。

我忽然間看了一下站在旁邊的蒂。

「…………」

蒂跟往常一樣沉默不語，她露出一張看不出感情的撲克臉，並盯著桌子對面那家人的笑臉。

正當我打算柔和勸告她「直盯著人家看很失禮喲」的時候。

蒂突然講話了，她對那家人說出令人意想不到的話。

「那個人下次什麼時候回來？」

西茲少爺跟克羅斯先生都回頭看蒂。

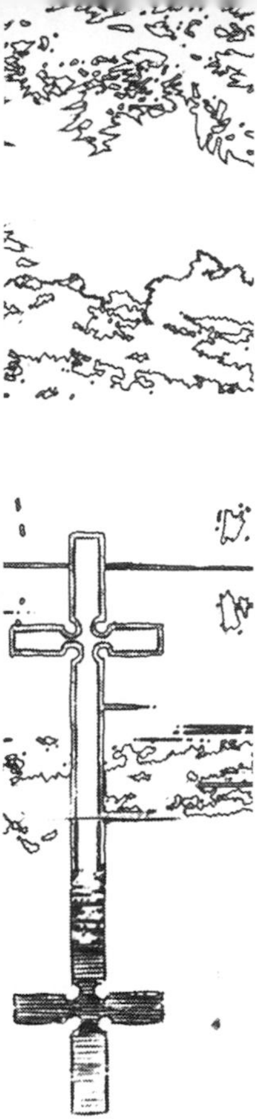

以那兩個人的真正想法，應該不希望在這個時候說那種話吧？

但是，那兩個人還有我都——

對直接被問及那件事的母親所說的話，打從心底嚇了一大跳。

「他下個月就回來了喲，可愛的白髮小妹妹。」

西茲少爺及克羅斯先生都回頭看那位母親。

雖然不曉得他們現在的表情如何，但應該不是很普通。

「是嗎，太好了。」

蒂對那個回答感到滿意而那麼說，之後便緊緊抱住始終坐著的我的脖子。她的體重整個壓過來，超重的。

但那種事情，現在都無所謂了。更重要的是，此時傳來克羅斯先生的說話聲：

「那、那是……確、確定的事嗎？」

克羅斯先生的聲音不僅大又抖個不停，這也難怪。

至於母親，則笑咪咪地回答：

「是的，他就是基於那個約定跟計劃才出門的。因為短暫的夏季一結束，這國家馬上就跳過秋季

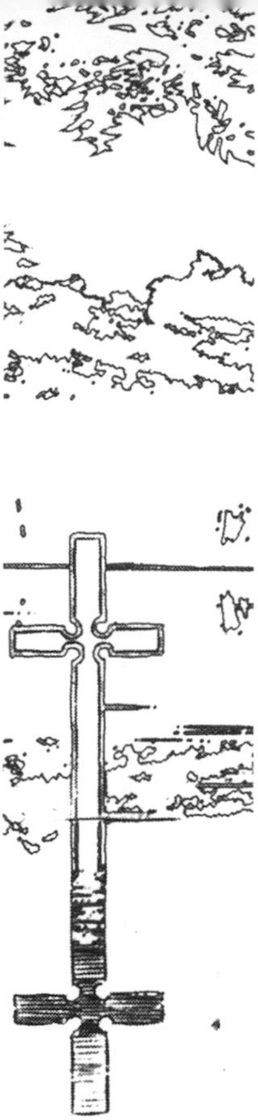

進入冬季呢。」

「那個……很抱歉，請問那是……什麼時候的約定呢？」

「上上個月喲！」

「…………」

「上上個月那孩子說『這次我要去南方大約三個月左右』，就出門旅行了。真是被那孩子給打敗了，但是他既然在其他國家做了好事，這個嘛～也讓人不得不讚許他呢。」

「…………」

這時克羅斯先生已經訝異得無法動彈，因此坐在旁邊的西茲少爺代他詢問：

「請問，家裡有他的照片嗎？搞不好我也在路上見過他呢？」

「有有有！當然有！是他婚禮時的！」

妻子開心地那麼說並從座位站起來，一度消失在裡面的房間，然後又馬上回來。

她手上拿著木製的相框。

妻子把那個相框擺在桌上，讓西茲少爺他們都看得見。

蒂為了看相片而接近桌子，我也努力伸長脖子地看。

照片上的兩個人，其中一個穿著樸素但很美麗的新娘禮服。也就是坐在西茲少爺他們面前的這名女子。

另一個人是同一個年齡層，身穿燕尾服的男性。留著剃得短短的黑髮，個子比妻子略矮，然後體格很健壯。

「…………」

克羅斯先生已經說不出話了。

但是，看見他嘴唇在動的我，大概知道他想要講的話。

那只有一句——「不對」。

「好漂亮的照片哦，謝謝妳。如果改天我在哪兒遇見他，會代為轉告你們大家都健健康康地等他回家。」

西茲少爺這番話讓全家人大為開心。還紛紛說出「務必麻煩你了」或「請替我們轉告他要早點回來」等等溫馨的話語。

但是，這些話應該都傳不進克羅斯先生的耳朵吧。

西茲少爺從座位站起來，說「該轉達的事情已經傳達了」。

「這件事或許最好不要跟他本人說比較好，要是他又丟下家人出外旅行，那我們責任就大了。」

然後彬彬有禮地答謝之後，又笑容滿面地開玩笑。

老夫婦慨允地說「我們會那麼做的」，接著便跟那位妻子一起目送我們到家門口。

我們帶著失了魂有如幽靈的克羅斯先生坐進越野車，然後西茲少爺發動引擎並向他們道別。

越野車在笑容的護送下往前行駛。

越野車在森林道路慢慢行駛，坐在上面的克羅斯先生一面抱頭一面呻吟地說：

「這……這是怎麼回事……到底……到底、發生了什麼事……」

「果然、不對是吧？」

西茲少爺問道，克羅斯先生不斷地搖頭。

「不對！明顯就不是他！我跟那個人也見過好幾次面！我記得他的模樣！那明顯就是別人！那個

人的身材更瘦，比我還高，留著一頭長髮……」
克羅斯先生從襯衫領口抽出鍊墜，上面有一塊金屬片及刻有他自己的姓名跟血型、識別號碼的辨識牌，然後還掛了一根像小型試管的筒子。
裡面裝了一束短短的遺髮，顏色是棕色的。
「…………」
「看來那根本就是別人呢。」
克羅斯先生什麼話也沒說，但西茲少爺幫他下了結論。
「不過，情報卻完全正確！國家的位置跟特徵、本人的全名、故鄉城鎮的情報、家族成員……那些都正確啊！這是怎麼回事！到底是怎麼回事呢！」
克羅斯先生拚命搖頭，他現在陷入一片混亂中。
西茲少爺在森林間隔看得見湖泊的美麗場所，一度把越野車停了下來。
然後——
「我們再去一趟鎮公所吧。然後，調查看看幾年前是否有除了他以外的出境。雖然這只是我個人的猜想——」

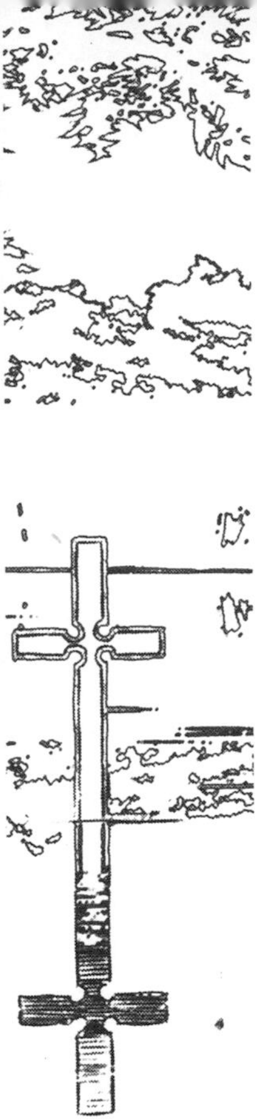

在剛剛同一個場所被居民團團圍住的我們，再次麻煩鎮長先生幫忙。

帶領我們進鎮公所裡的鎮長先生笑著說：

「怎麼樣?那一家人很有趣吧?」

「是啊，是一個很棒的家庭呢。」

西茲少爺回答得很輕鬆，不過——

「然後他們是全鎮最有錢的家庭，出外旅行的兒子還是個名人喲。」

他對那句話深感興趣，於是反問「這話是什麼意思呢」。

帶著我們到會客室的鎮長先生，先請我們坐下喝茶，然後開始告訴我們。

「他們那個兒子，是個冒險作家。十幾年前就不時外出旅行，然後把旅途的經驗及有趣的體驗撰寫成書並上市販賣。他的書很暢銷，所以那個家庭也很有錢呢。其實他們大可以住在市中心的高樓大廈裡，但因為討厭過度繁榮的地方，說比較喜歡悠閒的農村生活，所以全家人都住在那裡。不過我們這個鎮也因此有稅金收入，是值得高興的事情呢。」

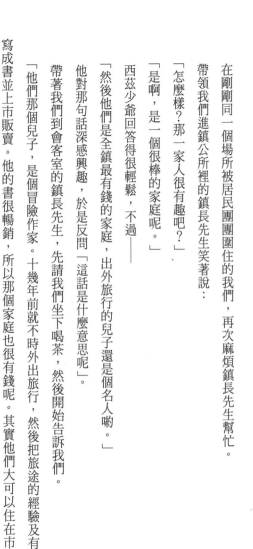

「那我倒是不知道呢。」

「這個嘛~那些人都很謙虛，所以就沒對外宣揚吧。」

「那麼，照你這麼說——他是這個國家無人不知無人不曉的名人對吧？」

「沒錯。有源源不絕的年輕人崇拜他，並且希望成為冒險作家，有一段時期還造成社會問題呢。實際上，要想在國外生存並四處趴趴走的話，是需要相當頑強的精神與肉體呢。國家堅決拒發出境許可給那些崇拜他的傢伙，但如果是他就另當別論了。」

聽到這裡，我跟西茲少爺跟克羅斯先生，都確信我們的猜想是正確的。

出身自這個國家的某人，在克羅斯先生的國家用名人的名字騙了大家。如此真相終於大白了。

西茲少爺這時候開口說「我有另一個話題想請教一下」。

「我剛剛想起來，以前……大約五年前的時候，我曾遇見一個旅行者，他也是這個國家的人。我想知道那個人是誰，如果你認識的話是否可以告訴我呢？我並不知道他的名字，只記得他的模樣。」

可能覺得西茲少爺有苦衷，為了那個人煩惱不已吧，因此鎮公所的人便笑咪咪地接受查詢。

「雖然有商人入境，但出境的人也並沒有很多，你只要說說看應該很快就查得出來喲。那個人長什麼樣子呢？」

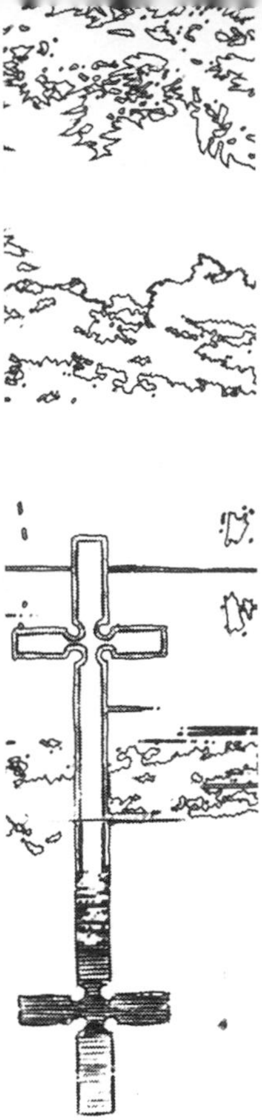

於是西茲少爺說出，他從克羅斯先生那兒聽來的那位英雄的打扮。

身材瘦、個子又高，有著一頭棕色的長髮——西茲少爺只是把許多形容詞擺在一塊。

「不會吧！」

鎮長先生一面大叫一面站起來。

「西茲先生！那個男人，是否對你們做了什麼不禮貌的事情！」

看到鎮長先生臉色大變的模樣，西茲少爺、克羅斯先生還有我都嚇了一大跳。

「……………」

只有蒂毫無反應地凝視鎮長先生滿是皺紋的臉。

「不禮貌的事情？沒有啊。」

西茲少爺撒了他不擅長的謊。

「我跟那個人是在荒野移動的時候遇到的。其實旅行者有時候是很寂寞的，我們就像話家常一樣地聊天、交換情報，然後就分道揚鑣了。」

「如果是那樣就還好……」

克羅斯先生看著整個人癱軟地坐回椅子上的鎮長先生，並詢問：

「不好意思，那個人是誰——不對，是個什麼樣的人？鎮長先生好像對他的事情非常了解？」

「哎呀～天哪，該怎麼說才好呢……」

我們都感受到臉上開始冒汗的鎮長先生的苦惱。但是，又非得問清楚不可。

克羅斯先生說：

「因為我還得回我的祖國，搞不好會在路上遇到那個人呢。」

「是嗎？那樣的話你要小心點！就算遇到那個男人，也絕對不要過於大意！舉凡他遞給你的食物、飲料都不要吃下肚！也不能背對著他！」

「為什麼？若不告訴我理由，叫我怎麼防著他呢？」

可能是克羅斯先生銳利的眼光，讓鎮長先生死心的關係吧。

「拜託你們千萬不要到國外張揚這件事……這算是我國的奇恥大辱。」

「我賭上我的名譽向你承諾——那麼，那個男人是？」

克羅斯先生想知道的答案，從眼前這個人的嘴巴說了出來。

「他原本是死刑犯。」

「…………你說、什麼？」

「他是一名死刑犯。那個男人的名字是——不，光是說出他的名字都讓我覺得害怕，就讓我稱他為『死刑犯十三號』吧。死刑犯十三號，在七年前曾是一名炸彈客。當時他是住在都市的醫學生，但因為在校成績不佳及找不到工作，心生不滿而把那些原因全歸咎給社會。為了發洩自己累積在心中的憤恨，就在馬路上引爆炸彈。」

「…………」

「那是利用農藥製造的強力炸彈。一瞬間就奪走二十三條人命，然後讓罹難者數目五倍的人受傷……雖然他確定被判死刑，但是……」

「遇到了特赦……是嗎？」

「一點也沒錯。由於新國王登基而產生特赦，因此他就被減刑，然後被判永遠流放到國外。」

「所以，人才在國外……」

想必鎮長先生，並不明白克羅斯先生喃喃說那句話的意思吧。

他大概誤以為克羅斯先生是在責怪「為什麼要把那種人流放到外界」吧，於是驚慌失措地說：

「可、可是！請你務必諒解，我們也只能夠這麼做！當時的流放刑，就跟死刑的意思是一樣的！當時並沒有給他什麼像樣的裝備，而且是在深秋的時候把他放出去的。跟之前你們找的那位冒險作家有完整的裝備，並做過計劃才出發是完全不一樣的。我們以為他早就死在路邊，成為野獸的餌食呢……想不到……他居然還活得好好的……這是否就是所謂的『禍害遺千年』啊……」

西茲少爺說：

「那已經是五年前的事了，現在不曉得怎麼樣呢？」

「我、我當然知道……就算他想回來，也進不了這個國家……天哪，我竟如此慌亂，真抱歉。」

好不容易恢復冷靜的鎮長先生，像在告誡我們似地說：

「此事請勿在國內提起。要是被眾人知道那傢伙或許還活在世上，很可能會組織討伐隊呢。」

「知道了，在這個國家我們會三緘其口的。」

這次說話的並不是西茲少爺，而是克羅斯先生。他堅定地說道，隨後我們也感受到鎮長先生的情緒似乎鬆了一口氣。

西茲少爺靜靜地瞇起眼睛。

「…………」

蒂則是不發一語地看著克羅斯先生。

克羅斯先生努力用正常的語氣，不經意地詢問鎮長先生：

「請問他的家人，現在怎麼樣了呢？」

「咦？啊啊……已經全不在了喲。」

「這話是什麼意思？」

「他原本有父母跟手足。走到哪兒都會被發現是他的家人，而倍受眾人的白眼對待。可能已經厭倦這樣的生活吧，某天就縱火燒了房子全家一起自殺。也有傳說是被害者家屬心懷怨恨縱的火，但已經不可考了。」

「…………這樣子啊。」

克羅斯先生的聲音，冷靜得讓人害怕。

「非常感謝你願意告訴我們這段痛苦的回憶。」

西茲少爺只轉頭向鎮長先生這麼說，然後再次保證會守住祕密，接著從椅子站起來。

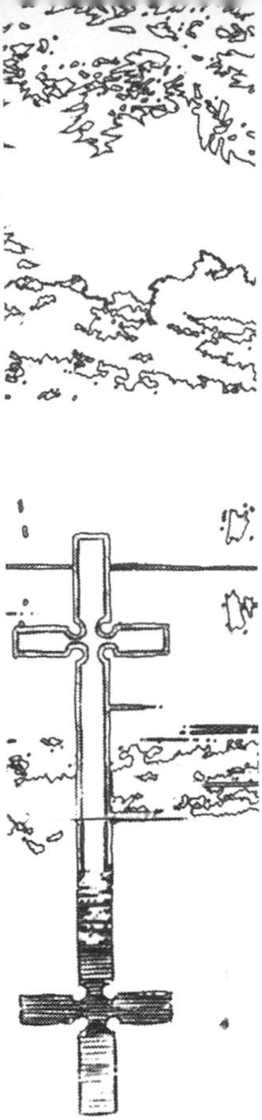

「鎮長先生，謝謝你。」

克羅斯先生也慢慢站起來。

時間已經過了中午。

我們坐著越野車，在居民熱烈的目送下離開。每個人都沉默不語，車子走了一段路之後，西茲少爺便把越野車停在放眼望去沒有任何人的湖畔。

湖面上倒映著蔚藍的天空，而且閃閃發亮。

從越野車的副駕駛座下來的克羅斯先生，把自己的行李從載貨台卸下來。然後走到駕駛座旁邊，並要求跟西茲少爺握手。

「謝謝，我這輩子都不會忘記你們的。然後，我們就在這裡分手吧。我馬上就要離開這個國家，回到我的祖國。」

西茲少爺緊緊握著他的手，只說了一句：

「路上小心。」

我也對他說同樣的話。最後蒂，用她翡翠綠的眼睛看著克羅斯先生。

然後——

「沒事的。」

聽到蒂這麼說，克羅斯先生輕輕地微笑。

然後轉身面向湖泊，從脖子拉起他的鍊墜。

他從扣環取出那根試管，毫不猶豫地往湖泊用力丟出去。

幾乎在同時，西茲少爺也開著越野車往前走。

我跟蒂回頭看。

在湖畔行鞠躬禮的男人，背影變得越來越小。

行駛了好一陣子之後，西茲少爺把越野車停下來。然後——

「蒂，妳可以回來副駕駛座了。」

他把站在載貨台吹風的蒂叫過來。

我率先跳下來坐在座椅前面。

「…………」

雖然她的表情沒什麼改變，不過從動作可以看出蒂有些不甘願，然後她從行李上面滑了下來。

「妳怎麼會知道那是不同的旅行者呢，蒂？」

越野車往前行駛以前，西茲少爺如此問她。

「怎麼會不知道呢？」

蒂如此回答。

「啊，不是啦……」

看到西茲少爺詞窮的模樣，蒂則說：

「不陰沉。」

「嗯？」

「那些人，一看就知道，他們不陰沉。」

難得蒂講這麼多話。不過，當我以為她的回答到此為止時，令人意想不到的是，蒂又說話了。

「為了自己某個親人等待漫長的五年，照理說不可能那麼開朗，怎麼會不知道呢？」

「經妳這麼一說，倒也是呢～蒂說的一點也沒錯。」

西茲少爺坦然向蒂舉手投降，並微笑地說：

「我跟克羅斯先生都對事前的情報過度相信，因此沒有考慮到有可能是別人這種事。這次真的讓我學到了不少喲。」

「…………」

蒂不發一語地抬頭看西茲少爺說：

「接下來要去哪裡呢？」

西茲少爺輕輕聳著肩說：

「那麼，這個國家是行不通了，找下一個吧──蒂，妳喜歡什麼樣的國家呢？」

「…………」

蒂並沒有回答，西茲少爺發動越野車往前進。

在加速行駛的過程中，隱約聽到蒂的聲音。

「只要能在一起，什麼國家都可以。」

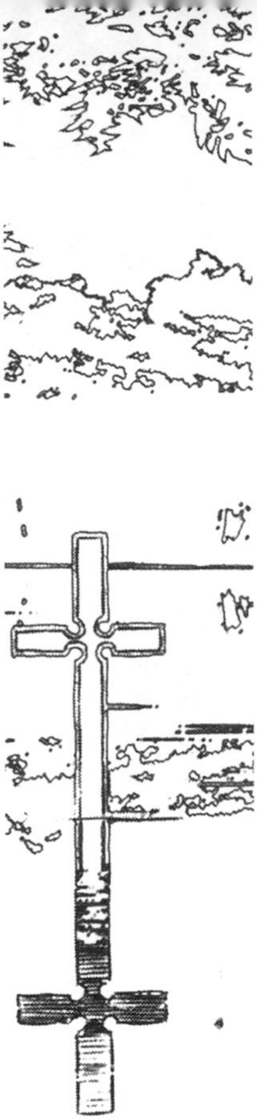

第五話
「必要之國」
—Entertainer—

第五話「必要之國」
—Enterainer—

一輛摩托車奔馳在鮮綠的春天草原上。

放眼望著這片大地，是連綿不絕的綠色山丘。嫩綠的新芽如絨毯般，毫無縫隙地覆蓋世界。佔去這世界大部分空間的天空，因為美麗又晴朗的朝陽而暖呼呼的。

在天空不高也不低的位置，幾朵浮雲像棉花般輕輕飄著。當微風輕吹，草原便沙沙地起伏。

泥土道路的表面也長著雜草，顏色已經從棕色慢慢轉變為淡綠色。而摩托車的前輪跟後輪，則毫不留情地一面賤踏在道路上長得挺直的雜草，一面往前進。

那是後輪左右兩邊有著黑色箱子，上面的載貨架綁了大包包跟睡袋的摩托車。它正以不疾不徐的速度，筆直奔馳在往西方延伸的道路上。

「我打算練習射擊的……」

摩托車的騎士唸唸有詞地說道。

騎士是個年輕人，年約十五、六歲，有一雙大大的眼睛跟精悍的臉孔。

她戴著附有帽簷跟耳罩的帽子，眼睛戴著銀框的防風眼鏡。身上穿著黑色夾克，腰上則繫了寬版的皮帶。

皮帶上掛了好幾個包包，右腿的位置則懸掛著槍套，裡面插了一挺說服者，那是大口徑的左輪手槍。在腰部後面也橫向插了一挺細長的自動式手槍。

「都看不到能掛標的的樹木耶～我看今天就別練習了吧，奇諾？」

摩托車從下方回答。因為放眼望去看得見數億根的雜草，卻看不到任何一棵樹。

名喚奇諾的騎士一面騎著摩托車壓過雜草，一面回答：

「那怎麼行，練習是必要的事情。」

「問題是妳的槍法已經很準確了耶？」

「不過一旦懶散就會變差，因此就算只是動一下下，也要保持每天活動筋骨的習慣，師父常這麼說的。你也知道我只要稍微有一段時間沒騎車，技術就會變差啊。」

名喚漢密斯的摩托車回答「我懂」。

「我已經充分了解『必要』的重要性，但找不到關鍵的樹木也沒辦法啊～」

「說的也是呢。」

奇諾答道。

「所以，眼前的解決之道就是乾脆放棄先趕路吧，奇諾。」

「我知道——不過還有另一種辦法，就是在漢密斯的把手下方吊標的做練習喲！」

「我是很信任奇諾妳說服者的射擊技術啦，但萬一不小心打中我怎麼辦？」

「我不就是為了避免發生那種事才拚命練習嗎？」

「妳那根本就不算是回答嘛。」

「總而言之，怎麼都沒看到啊～我是說樹木。」

「要是有就好了。」

奇諾跟漢密斯一面有一搭沒一搭地交談著，一面繼續在草原奔馳。

他們說著說著，就這麼來到遮住行進前方景色的大山丘頂端時——

「啊！」「啊！」

奇諾跟漢密斯同時大叫。

在緩坡下方，平坦的草原中央，矗立了一棵很突兀的樹木。

它的枝幹往旁邊大大伸展，孤伶伶地矗立著。

於是奇諾開槍了。

奇諾握在右手的那挺叫做「卡農」的左輪手槍，槍管隨著槍聲往上彈。液體火藥特有的白煙在一瞬間擴散，隨即消逝無蹤。

擊出的四四口徑鉛彈，在一瞬間移動了大約二十公尺的距離。

然後命中樹枝上用細繩懸掛的鐵板，火花四處飛散，還響起不低沉也不高亢的聲音。緊接著擊出的第二發，命中距離前一發不遠的地方。

被擊中的鐵板並沒有大大地前後搖晃，也沒有劇烈地左右搖擺。只是緩緩地迴轉，輕輕搖過來盪過去的。

在奇諾後面的漢密斯開心地說：

「感覺很像是被處以絞刑的人耶，奇諾。」

「……你講的是很對，可是那個比喻怪怪的喲，漢密斯。」

奇諾如此說道。不過仍伸直持著「卡農」的右手，用大姆指扳起擊鐵。

她瞄準目標，擊出第三發。

這一發命中標的中央，並再次發出槍聲跟擊中鐵板的聲音。

漢密斯喃喃地說：

「嗯，這發是致命一擊呢。」

「都跟你說那個比喻——」

被漢密斯打敗的奇諾，又擊出三發，總共開了六槍。

等「卡農」冷卻之後，奇諾便把它分解。

她先把中央的零件滑動到旁邊，把槍管的部分輕輕往前拔，再取下蓮藕狀的彈匣。緊接著從小包包拿出裝滿子彈的彈匣，將它裝上去。

然後奇諾把處於隨時可射擊狀態的「卡農」放回槍套裡。

「結束?那出發吧。」

「還沒呢。」

奇諾如此回答，然後用左手從腰後拔出名叫「森之人」的細長型自動式說服者。

她一面用姆指解除安全裝置，一面迅速拿到身體前面換手拿。這次連射了三發。乾燥的聲音聽起來是連續發出的，而金色的彈殼則等間隔地在天空閃亮飛舞。

搖晃的鐵板一面發出微弱的聲音，一面接受所有的子彈。

奇諾一度關上保險，把「森之人」放回槍套。

左手也一度往下垂，然後再拔槍射擊。她盡可能讓動作迅速，並且瞄準正確。

接著再重覆一遍，奇諾總共重覆了三遍。最後一顆空彈殼彈出來，來回滑動的滑套退到後面之後就停住了。

「大概就這樣吧。」

奇諾幫「森之人」裝上新的彈匣並關上滑套，再關上保險之後就放回槍套裡。接著從兩隻耳朵拔出像小塊海綿的耳塞。

「奇諾妳好一板一眼哦~」

「唯獨這些練習，是不能找人代替我做呢。」

「必要之國」
—Entertainer—

奇諾如此說道，接著走到樹木那邊拿著靶子走回來。

然後，就以擺在漢密斯後面載貨架的包包當做平台，開始簡單分解與清潔「森之人」。

她從盒子裡拿出新的子彈，裝進空彈匣裡。並確認裝在小包包裡的備用彈匣，彈簧是否變鬆。

草原放眼望去的範圍看不到任何動物或人類的影子，不過奇諾總是確定其中一挺說服者處於可射擊的狀態之後，才開始另一挺的保養。她慢慢把液體火藥跟子彈，慢慢填裝進開完槍的「森之人」輪盤裡。

漢密斯一面等待那作業的完成，一面跟奇諾說話：

「如此一來，就算下一個國家很危險也沒問題呢！」

「師父常說——『先不管有沒有問題，但最好心裡隨時都要做好準備』。」

奇諾一面小心翼翼地把雷管塞進輪盤後面，一面回答。所謂的雷管是裝了火藥的金屬裝置。「卡農」的擊鐵一敲打它，產生的火花就會引燃火藥並連繫到開槍的動作。

「話說回來，之前在某處遇見的男人曾這麼對我說過：『雖然妳總是把說服者懸掛在腰際，但那是恐懼的關係』。」

「『恐懼』？」

「那個人表示——若總是假設自己會遭到某人襲擊而做準備，代表那是因為害怕、恐懼他人——

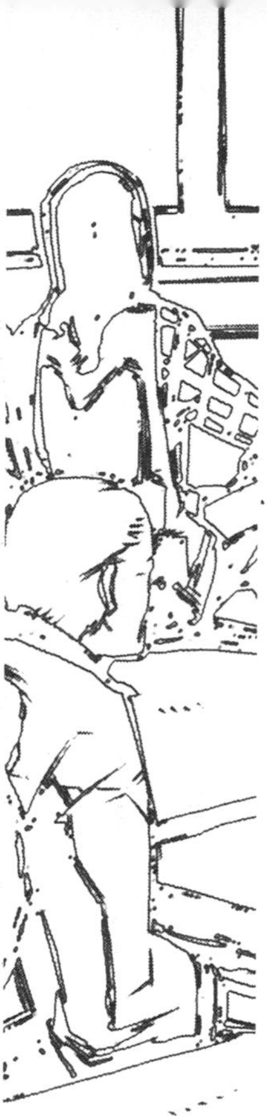

他好像還說，『只要多相信他人，那雙方就不再需要那種東西，也不再有任何爭鬥了』。」

「原來如此。他的意思是『奇諾是膽小鬼』囉？結果奇諾，妳是怎麼回答他的？」

漢密斯問道。

奇諾結束全部的作業，右手舉起卡農並把擊鐵微微往上扳，讓輪盤卡嘰卡嘰地迴轉。

然後回答：

「我說，『你說的一點也沒錯，我隨時都保持恐懼的心態。因為殺人的，通常都是人類』。」

「原來如此。順便一提，妳是在國家境內跟那個人見面的？還是境外？」

「你是明知故問的吧，漢密斯？」

「那還用說嗎？」

「是治安非常良好的國家境內喲。如果要定居的話，那樣的國家很不錯呢。然後，也是很適合造訪的國家。」

奇諾說道。

「聽說接下來要去的國家，並沒有什麼相關的情報？」

「只聽說『在西方草原有一個大國』而已，但那也是三年前曾來這裡的旅行者所提供的情報。而且不知為何，那個人對那個國家的事情並沒有多談，所以覺得有點怪怪的。」

「要是沒有那樣的國家，一定很令人失望呢。」

「千萬不要放棄希望。」

奇諾如此說道，然後以慣用的手法看也不看地把「卡農」插回槍套裡。漢密斯則開玩笑地說：

「不能光靠『希望』吧～無論抱持多大的希望，『不存在的東西』就是不存在喲。」

「可是，不到最後一刻不放棄，卻是件好事喲。那麼——」

奇諾把維修保養工具整理好收進箱子裡，再把睡袋放回大包包上。確定沒有東西忘記收後——

「我們走吧！」

便跨上漢密斯，踢著起動桿發動引擎。

「了～解，朝不知道是否存在的國家前進！」

奇諾一面騎著漢密斯一面說：

「一定存在哦！——然後我能夠在那裡吃一大堆的美食，還能住在被褥乾淨的旅館裡。」

「喔！然後還能免費得到燃料、機油跟消耗零件。也能讓技術不錯的技工幫我做維修保養，當然也是免費！」

「沒錯沒錯！不到最後一刻，千萬不能放棄希望喲！」

奇諾跟漢密斯一面撥開沿途的雜草叢，一面繼續前進。

「沒看到耶～」

「一定有的。」

「沒有啊。」

「不，一定有。」

「根本就沒看到啊？」

「應該……有啊……你看！」

當他們看到位於前進的地平線另一頭的城牆，白天都已經過了一大半。

在位於高聳城牆某個大洞穴旁邊的小屋，也就是城門旁的衛兵崗哨——

「兩位分別是奇諾跟漢密斯對吧？歡迎來到我國！我將詢問幾個問題，以便發出入境許可。也請兩位誠實回答。」

於是奇諾他們，接受穿著西裝的中年男入境審查官的詢問。

首先是入境的目的與希望停留的天數。然後是——

「請問妳帶了哪些武器？」

審查官並不是問「妳是否帶什麼武器？」

於是奇諾露出右腿的「卡農」，以及腰後的「森之人」給對方看。然後告訴他身上各個地方還藏有好幾把小刀。

「這樣啊……那把左輪手槍雖然看起來頗有年代的，但保養得相當不錯呢。」

入境審查官原本僵硬的表情有了些許變化。他露出興致高昂，想繼續探究的表情，然後又問下一個問題。

「截至目前為止，妳的性命及攜帶物品是否曾被覬覦，而妳因此反擊對方呢？我直截了當說好了——就是妳曾經殺過人嗎？即使一次也算。」

奇諾承認有過，並簡潔回答說「有過幾次」。
「具體說的話，大約是幾次？」
奇諾回答說「數不清」。
「嗯……請妳稍等一會兒。」
審查官一度站起來並消失在裡面的房間。
「怎麼回事啊？」漢密斯跟奇諾不禁感到奇怪，並且跟動也不動直立的衛兵們，一起在那裡等了好一陣子。
不久，連忙回來的審查官開心地說：
「許可下來了！而且也照奇諾妳所申請的，允許停留三天的時間。可以請你們多留久一點嗎？在這兒舒展一下身心怎麼樣？」
當奇諾說「三天就好了」——
「是嗎？——那麼武器方面，連同說服者全部一起攜入是沒問題的。就跟妳在境外的時候一樣，

「必要之國」
—Entertainer—

經常佩帶在腰際都沒關係。」

漢密斯問「一般市民在國內也允許攜帶說服者嗎?這裡是射擊盛行的國家嗎?」但審查官馬上搖著頭說:

「並不是,一般市民禁止攜帶說服者。能夠持有的只有軍人跟警官喲。而且國內也不准狩獵。」

這時候重重的城門一面發出低沉的磨擦聲,一面往上滑動拉開。

在那個聲音的陪襯下,奇諾聽到審查官如此說道:

「這個國家的治安不但不差,而且還好到我們引以為傲。然而,國民卻對難得入境的旅行者抱持強烈的敵意,或許會冒出動手想殺死旅行者的不法之徒。要是有旅客不幸遇害,將有失我國的名聲。不過,警察又不可能隨時跟在旁邊監視,所以請妳確實做好自我防衛。至於武器,也是為此而允許妳攜入的。」

當他們穿過城門,這國家正沐浴在夕陽裡。

在入境前他們早就知道,這國家遼闊到連對面向的城牆都看不到。

筆直的道路左右,綿延著井然有序的農田。而且就如境外那樣,連一棵樹都看不到。

奇諾跟漢密斯開始往前行駛在不需要壓過雜草,而且鋪設完整的道路上。由於是左側通行的道路，因此要一直往左靠。

一越過農田區就看到排列整齊的屋舍，不久佔據在國內中心部的大城市就進入視野範圍。

這時道路變成較寬的二線道。還不時看到電動馬達發動的車輛，十字路口也出現交通號誌。

「嗯，很井然有序，想不到連鄰國都不知道有這麼一個國家呢～」

漢密斯邊走邊說。

「結果它的確存在不是嗎？」

奇諾笑咪咪地回答。

就在奇諾跟漢密斯穿過住宅區，進入大樓櫛比鱗次的市區，四周天色也完全變暗的時候，終於到了在城門那邊介紹他們來的豪華飯店門口。

「歡迎光臨，旅行者！」

然後，飯店的老闆還特地來到玄關迎接他們。

接著搭乘大型電梯的奇諾與漢密斯，被帶到十層樓高的飯店頂樓，一間格外寬敞的房間裡。

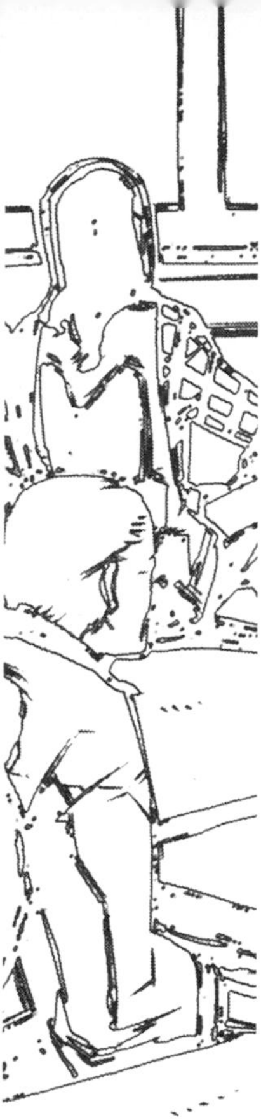

雖然奇諾說「不需要這麼豪華，樓層又高的房間」，但是──

「別擔心，我已經收到國家支付的全部費用了。」

老闆笑咪咪地這麼說。

「妳希望吃什麼樣的晚餐呢？從輕食到套餐一應俱全哦？」

「傷腦筋，又有料理送來了。」

漢密斯訝異地在旁邊看著，只見奇諾把一道接著一道的豐盛晚餐拚命送進嘴裡。

吃完稍事休息後，便在大型的浴缸悠閒泡澡。然後把衣服送洗，換上飯店準備的乾淨睡衣。

「好好吃……幸好來到這裡……」

奇諾坐在蓋著純白被單的大床上，邊看著窗外整潔的街景邊喃喃說道。

在後面的漢密斯則說：

「妳不覺得這些待遇好得很奇怪嗎？該不會剛才那些料理，背後隱藏了什麼企圖？」

「……你的意思是『最後的晚餐』？」

「對，就是那個！」

漢密斯那麼說之後沉默了一會兒，然後又說：

「聽說死刑犯在處決前的最後一個晚上，能吃到不錯的大餐喲！」

「那就傷腦筋了。」

奇諾看不出有任何困惑地喃喃說道。

「妳打算怎麼做？」

另一方面，漢密斯語氣一派輕鬆地問道。

「感到傷腦筋的時候——」

「感到傷腦筋的時候怎樣？」

「睡覺！」

奇諾按下枕邊的開關讓大型窗戶的窗簾拉上，然後往床上一倒。

「好了，晚安。」

隔天早上，入境第二天。

奇諾在黎明時醒來。

然後稍微活動筋骨、沖澡，再換上昨晚送洗拿回來的乾淨衣服。

當她拉開窗簾，外面是萬里無雲的晴朗好天氣。還很淡薄的天色，就靜靜地呈現在天空。

奇諾把大包包搬到房間中央，並拿出裡面的東西。

摺疊整齊的棕色大衣、沾了泥土的小型帳篷、滿是補丁的睡袋、被操得很慘的小型爐具、到處都是凹陷的杯子、裝在鐵罐裡的茶包，以及傷痕累累的小型燈具。

奇諾開始動手整理、保養、清潔那些裝備及行李，需要修繕的部分也動手修繕過。

最後，她把身上大大小小好幾把刀子排在地上。

「偶爾也認真做點事吧！」

她把那些刀子放在沾了水的磨刀石上面仔細研磨。

此時窗外的太陽升起，射進房間裡的陽光將磨過的刀子照得閃閃發亮。

「哎呀，想不到妳會幹這麼稀奇的事情。我看今天要下刀雨了。」

漢密斯說了今天的第一句話。

「這會比漢密斯你這麼早主動醒來還稀奇嗎？」

奇諾一面磨著細長的刀子一面回答。

「不曉得耶？——早安，奇諾。」

奇諾回頭對漢密斯說：

「早安，漢密斯。」

吃過比普通的晚餐還要豪華十倍的早餐之後——

「肚子好飽哦……撐得我都不想動了呢。」

「人一懶散就會沒用喲。不過以生物面來說，早餐吃得豐富而晚餐吃得少，才是正確的。」

「那不然，基於生物面，今天就在房裡輕鬆度過吧。」

「那樣妳鐵定會變胖喲，畢竟奇諾妳平常的飲食特別儉樸呢。」

「沒辦法……還是出去晃晃吧。」

「要是找到能幫我做維修保養的店，記得幫我換機油哦。」

於是奇諾跟漢密斯出門做國內觀光。

「必要之國」
—Entertainer—

奇諾跟昨天一樣穿著黑色夾克，腰際繫了皮帶。然後把裝了備用彈匣的包包跟插在槍套裡的兩挺說服者，擺在腰際的固定位置。

她把大部分的行李都留在飯店房裡，只在漢密斯後輪兩旁的箱子放了些簡單的維修工具。

「奇諾、漢密斯，兩位要出門是嗎？」

正當他們橫越大廳準備出發之際，老闆如此問道。

接著他把摺得好好的薄塑膠片遞給奇諾。

「這是國內的地圖，不介意的話請拿去用吧。只不過，基於國防的觀點，這是禁止攜出國外的。由於這必須再收回，所以千萬小心別弄丟了。」

「了解，那我就借用了。」

奇諾跟漢密斯一起看那份地圖，接著詢問老闆修理汽機車的店家位於哪一帶。

結果老闆又把地圖拿過來，用筆做了小小的記號。

「這一帶的街道，開了許多修理交通工具的店家。」

他邊說邊把地圖還給奇諾。

奇諾一面道謝一面接下地圖，然後老闆跟服務生們便恭恭敬敬地目送他們步出飯店。

當自動門不發一絲聲響地合上之際，抬起頭來的老闆露出滿臉的笑容。

然後，用響徹大廳的聲音大叫：

「好了各位！去開電視吧！」

奇諾跟漢密斯靜靜地行駛在淨是電動車的馬路上，雖然一路上響著絕對不安靜的引擎聲。

「總覺得不太對勁耶。」

「不要太在意就沒事了喲，奇諾。而且，妳看！」

當他們停紅綠燈的時候，奇諾看著裝置在交通號誌旁邊的四角型盒子，以及埋設在裡面照射自己的鏡頭。

漢密斯說：

「是監視錄影器，從剛才就發現整個城市都有。它拍攝的範圍很廣，簡直一點死角都沒有。」

「或許這個國家就是多虧那種東西才能夠維持治安，但想當然耳，我也隨時都被監視呢。」

交通號誌轉變成綠燈，奇諾一面慢慢催油門一面緩緩加速。

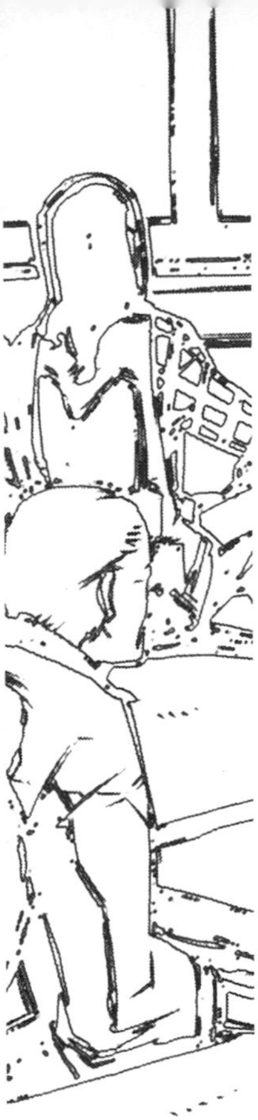

「就算有免費的三餐可以吃，也要設法讓自己不要太貪心呢。」

漢密斯說道。

『總覺得不太對勁耶。』

『不要太在意就沒事了喲，奇諾。』

飯店老闆透過畫面監看他們倆的對話。監視錄影器傳過來的鮮明影像，以及高性能麥克風收到的清楚聲音，全放映在大螢幕上。

『而且，妳看！』

監視錄影器追著移動中的奇諾與漢密斯，一旦追不上就切換到另一架監視錄影器。

奇諾往監視錄影器的方向看。

奇諾與漢密斯，首先是前往專門維修交通工具的商店街。

正如他們得到的訊息，這裡有許多維修的店家，於是從各家打著「本店才是最好！」招牌的老闆裡面——

「那麼，就給大叔修理。」

漢密斯到自己挑選的店家，接受換機油與保養的優惠。
當然這些都是國家支付的免費服務，於是奇諾與漢密斯——
「我覺得油門好像變重了。」
「再幫我把配線換一換！還有火星塞！輪胎也要！」
又趁這個機會提出各式各樣的要求。
結果耗到幾乎要吃午飯的時間。
「啊啊，爽快多了。」
「爽快？」
「我是說心情喲，是心情。」
維修保養完畢的漢密斯跟奇諾，在老闆的目送下走到馬路上。
奇諾問漢密斯：
「那個時候，你怎麼會決定那家店？雖然老闆的技術看起來的確不錯啦。」

「必要之國」
—Entertainer—

「我是看他的『本事』喲。那位大叔的指甲縫，還有手掌的皺紋裡都是油污對吧？」
「我並沒有注意。」
「的確是髒兮兮哦。也就是說，那證明他平常就不會把工作塞給店裡的維修人員，而是親自幫客人維修保養喲。」
「原來如此……也就是『敢於弄髒自己的手』啊。」
「奇諾妳平常都不做維修保養，應該稍微見習一下才對。」
「如果你不怕我把你弄壞的話。」
「我看還是讓專家來好了。」
「我也那麼認為。」
奇諾與漢密斯一面交談，一面來到這國家的中央區域。
這裡是雜草與草坪構成的綠意，但是並沒有半棵樹的寬敞公園。入口處還排列了攤販。
當奇諾問這裡是不是在舉辦慶典，但得到的回答是，這些攤販是專為附近辦公大樓的上班族所設的。
「既然來了就品嚐看看吧！這個炸麵包跟肉桂的味道很合哦！」
「喔！妳是旅行者對吧！我這兒的肉燥麵，可是只有這個國家才吃得到喲！」

「旅行者——！這兒有好吃的熱狗喲！還有起司跟蔬菜，妳想搭配什麼醬都行！」

「喔，要是不吃吃看這個三明治，就失去來這個國家的意義哦！」

「不要老是吃東西啦！喝個茶怎麼樣？妳喜歡加多少蜂蜜呢？」

「沒吃過我國的特製冰淇淋就別想出境哦！」

在接近正午但人潮還沒湧入以前，奇諾已經光臨過好幾家店，因為她實在無法拒絕邀約。

她拚命狂吃，吃完以後——

「啊啊……好飽。」

遠離開始有人潮湧入的攤販，奇諾仰躺在空無一人的公園草坪上。

「吃太多了妳！」

漢密斯在距離稍遠的石板道上對她說道。

在天空一片蔚藍、萬里無雲、風和日麗的氣候下，奇諾一面望著漢密斯一面說：

「關於那個啊，漢密斯，問題是我的肚子卻很神奇地拚命裝耶～」

「妳晚上跟早上都吃那麼多，難怪胃會比平常還要膨脹。不過，這樣的生活繼續過下去的話，妳鐵定會因為攝取過多的卡洛里而變胖喲。」

「那麼，得做點什麼運動才行……我是說等一下。」

「要是一吃完東西就睡覺——」

「我知道，我會變成牛的……」

「一點也沒錯。」

有一名男子慢慢接近奇諾與漢密斯。

那是髮線有點往後退，年約五十歲的短髮男子。他消瘦的身材穿著淡棕色的連身工作服，右手拿著雙手使用的大型剪定鋏，左手則拿著布袋。

男子雖然走在通道上，但是到了漢密斯面前就立刻轉變方向，開始踏進草坪。他朝著奇諾「沙沙」地踏著草坪往前走。

然後，仰躺著眺望天空的奇諾瞄了他一眼。

「妳是旅行者嗎？」

男子邊接近邊大聲說道。

奇諾慢慢起身，與男子四目交接地說：

「沒錯。」

然後，一面拍拍屁股的灰塵一面從草坪站起來。

「啊～抱歉吵醒妳了。」

男子露出有點惶恐的樣子，然後在離奇諾約五公尺的地方停下腳步。他看了一眼漢密斯說：

「妳騎那輛摩托車來的嗎？真了不起～我也希望有一天能騎著那種交通工具到國外旅行呢。」

他頗有感慨地說道，然後表情又變得很嚴肅。

「為了實現那個願望，我必須先做一件事情……」

奇諾的眼神並沒有從男子的身上移開。

「是嗎？」

她興趣缺缺地回答。

男子小聲地說「是喲」，同時還放下左手的布袋。

「首先！得殺了妳不可！」

他邊叫邊用兩手把大剪刀張得大大的，並且將刀尖對準奇諾開始衝過來。

『首先！得殺了妳不可！』

男子的聲音，以大音量從畫面旁邊的擴音器傳出來。

奇諾以背對的姿勢位於畫面右邊。

至於男子則是從畫面的左上方衝過來，目的想剪斷奇諾的脖子，並不是樹枝。

正當男子與奇諾只剩下一半距離的時候，從奇諾的右腰冒出了白煙。同時，也響起足以轟裂擴音器的沉重槍聲。

男子的胸部開始冒出鮮血，表情仍是他一路衝來大叫的樣子，然後剪刀舉在身體前面往前倒。

他手上那把剪定鋏的兩側前端刺進草坪的泥土裡，而男子的身體則壓在上面。

『喔……』

發出低沉聲音「咚」地倒下的男子，一度從嘴巴發出氣聲，甚至嘗試把頭抬起來。

『啊，嘎啊……』

隨著呻吟聲只稍微抬起來的頭部——

咚地落下。

然後男子就動也不動了。

死盯著畫面的某人發出喝采地大喊：

「一……一槍就斃命啊！果然有兩三下！了不起！」

殺死男子的奇諾，後來停頓了十幾秒。

她確認男子已經不再動了以後，就將拔出射擊的「卡農」收進腰際位置的槍套裡。

「我說奇諾，妳是什麼時候察覺到不對勁的？」

在通道的漢密斯如此問，奇諾只是淡淡地回答：

「從我看到這個人的時候開始。」

「哎呀，為什麼？」

漢密斯好奇地問道。

「就是那把大剪定鋏。」

「嗯?——啊!原來如此,這座沒有半棵樹的公園,根本就不需要那種東西呢。話說回來,也不曉得這個國家怎麼會有這種工具。」

奇諾一度輕嘆了口氣說:

「傷腦筋……情況正如昨天入境審查官所說的。」

「因為允許攜帶說服者入境,才能夠得救呢。」

「一點也沒錯。」

「怎麼辦?要繼續睡午覺嗎?」

「我已經醒了——對了,應該要報警呢。」

「好像沒有那個必要耶,奇諾。」

「嗯?」

當看著屍體的奇諾抬起頭來的時候,幾名身穿深藍色制服的警官,正急急忙忙跑向這邊。

跑過來的警官們,首先小心翼翼地確認那名男子。

「他死了。」

「知道了，叫處理班過來。」

而其中一名看起來最年長的警官，對奇諾說：

「真是慘呢，旅行者。請問妳有沒有受傷？」

「沒有——我需要接受偵訊嗎？」

「沒那個必要。我們已經得到這名男子試圖襲擊旅行者的證詞，跟總部做過聯絡後，也確認了監視錄影器的畫面。而旅行者的行動，我們認定是正當防衛。」

「這個嘛，那是當然囉！」

漢密斯說道，警官繼續對奇諾說：

「我們不能耽誤旅行者妳寶貴的時間，所以善後就交給我們處理，請妳繼續國內觀光的行程吧。」

「知道了，那就交給你們了。」

奇諾一說完，就邊推著漢密斯邊離開事發現場。

等到完全看不見奇諾他們以後，警官們開始交談。

「請看看這個！致命傷在胸口正中央，一槍就對準心臟呢！」

向奇諾謝罪的警官，則回應年輕警官說的話。

「而且還能以那麼快的速度拔槍射擊……」

「可見她都沒有忽略射擊練習呢。」

「光是那樣，也無法做出這麼漂亮的射擊。」

「這話是什麼意思？」

老警官對原本看著屍體，聞言轉過頭來望向自己的年輕人說：

「那個旅行者能夠適時反應『差點被殺的狀況』喲。」

「怎麼說？」

「一般人要是突然面對殺意，也就是『這個人想要我的命』的行為，都會害怕得僵住不動。甚至無法做出適時的反應。」

「原來如此……」

「可是那名旅行者並沒有出現那種狀況，為了保住自己的性命，還在瞬間判斷出自己應該怎麼做，然後冷靜並不動聲色地執行。這跟她拔槍射擊的本領，是兩碼子的事。」

「不曉得那個旅行者，是如何讓自己學會那些技巧的？」

「那只有一個方法。」

「怎麼說？」

「就是『差點被殺的狀況』。」

「………」

「截至目前為止，她一定經歷過好幾次好幾次差點被殺的狀況。那種時候，她也都得以保住性命躲過一劫。不過那幾乎都是……」

「動手殺人？」

「否則她現在根本就不可能還活著。」

「……實在是太猛了……本官說什麼都不願意讓自己的家人有那種經歷喲。」

「我也是。別說是家人了，我甚至不希望全體國民有那種經驗。因此，才會有我們這些警察跟軍隊的存在。」

離開公園行駛一陣子的奇諾與漢密斯。

「為什麼要看書？」

「為了讓腦筋變好啊。」

他們在規模很大的商店街裡找到一家書店。

「反正妳不想帶著走就不會買，只是妳這樣站著看會顧人怨喲，奇諾。」

「只要一下下就好了。」

奇諾把漢密斯停放在道路旁邊的停車格，她摘下帽子跟防風眼鏡並夾在皮帶中間，然後走進書店裡。

被留在外面的漢密斯，自言自語發牢騷地說「傷腦筋耶」之後——

「不過，人還真少呢～」

環顧幾乎看不見任何行人的商店街喃喃說道。

在奇諾推開玻璃門的同時，小鈴鐺叮噹作響，接著她走進店裡。

「哎呀～旅行者，請慢慢看哦。」

在接近入口的收銀台桌內側，有一名年輕女店員坐在高椅背椅子上，輕聲招呼奇諾。

在狹長型的店內，高到天花板的書架一直排列到書店裡面。此時裡面並沒有其他客人。

奇諾簡短地回答「謝謝」，然後看著排列在架上的書籍。

她在燈火通明的通道上往空無一人的裡面前進。這條細窄的走道如果站了兩個人，很可能就會卡住，但幸虧現在並沒有人。

找了一陣子的書之後，好不容易開始站著閱讀野草圖鑑的奇諾——

「…………」

聽到微弱的鈴鐺聲，於是她往聲音傳來的方向看了一下。

在書架另一端靠近入口處，並沒有任何人。可見那不是有人進來的聲音，而是有人出去了。

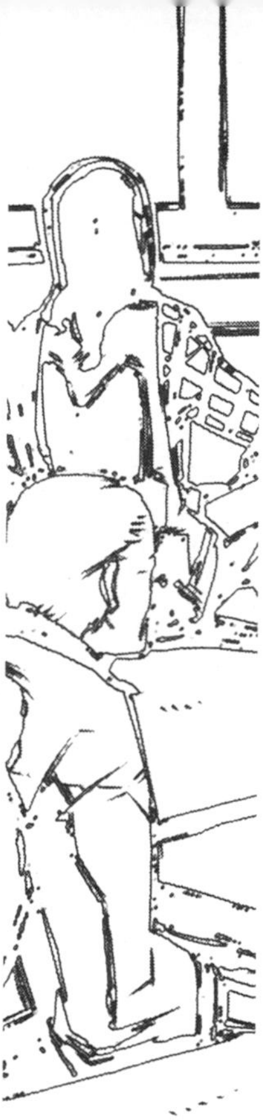

「必要之國」
—Entertainer—

於是奇諾又把視線移回打開的書本上。

「啊啊，這只要充分煮熟就能吃啊……」

在安靜的書店裡繼續翻了幾頁閱讀的奇諾——

「…………」

再次聽到鈴聲。

她望了過去，這次倒是看見人了。

是一名年約四十歲又豐腴的女子。她彷彿是家事做到一半跑出來的，綠色的連身洋裝還圍著圍裙，然後背了一只肩背包。

「哎呀～討厭，店員不在嗎？」

女子一進來就馬上自言自語地碎碎唸。

「好像，剛剛出去了。」

奇諾則用略大的聲量對她說話。

「天哪～妳不是旅行者嗎？歡迎來到我國！」

看著露出滿臉笑容，而且從書架的間隔空間筆直走過來的女子——

「…………」

奇諾合上手中的圖鑑，並規規矩矩地把它放回原來的位置。然後——

「要是把商品弄髒，可是會挨罵呢～」

她如此小聲呢喃。

『要是把商品弄髒，可是會挨罵呢～』

麥克風確實收到那個聲音，並且從畫面旁邊擴音器播出來。

而映在畫面上的，是從天花板垂吊下來，能夠把所有通道一覽無遺的監視錄影器所傳送過來的影像。

奇諾就在畫面前面的右端，女子則是笑臉盈盈地從入口附近慢慢接近。

奇諾迅速移動，然後從畫面的右邊消失。緊接著——

『等、等一下！站住！』

女子剎那間轉換成跟前一秒完全不同的惡鬼表情並追上去，她緊追著奇諾。

「必要之國」
—Entertainer—

然後肩背包裡冒出一把大柴刀，女子把它握在右手上。

女子雖然還出現在畫面上，但監視錄影器做切換了。換成是奇諾一度逃進書店裡面，並迅速轉進隔壁通道的畫面。

奇諾迅速往入口奔跑，這次換成是設置在入口附近的廣角式監視錄影器所傳回來的畫面。

但因為照進玻璃門跟玻璃窗的陽光太亮，導致奇諾奔跑的模樣暗得看不見。

「搞什麼啊！拍清楚一點好不好！」

看著畫面的某人激動地大喊。

『別想逃！』

發現奇諾並不在書店裡面的女子叫嚷著，同時來勢洶洶地奔跑著，此時還可聽見地板咯咯作響的聲音。

這時候沐浴在陽光下的奇諾，朝光亮的入口移動的畫面出現。

『找到妳了！給我待在那裡不要動！』

無視女子說的話，奇諾準備把門打開。

『…………』

卻發現門是鎖著的。

而且——

『哇啊啊啊啊啊啊！』

還看到右手高舉著柴刀，一面大喊一面衝過來的女子。

回頭看的奇諾盯著逼近的女子，並把右手伸向腰際。

但是她並沒有握住那兒的「卡農」的槍把，而是把手掌貼在皮帶的位置，對準女子的腳下將左腳滑出去。

奇諾以滑壘的形式，利用左靴的鞋底勾住女子的左小腿。

『喔哇啊！』

朝奇諾揮下柴刀的女子，因為自己衝過來的力道過猛而失去平衡，然後從下蹲的奇諾斜上方擦身而過。

在速度停不下來，而且她柴刀又不放手的情況，頭部整個往入口的玻璃門猛然撞上去。

隨即發出玻璃碎裂，跟女子的魁梧軀體撞歪門框的劇烈破壞聲。

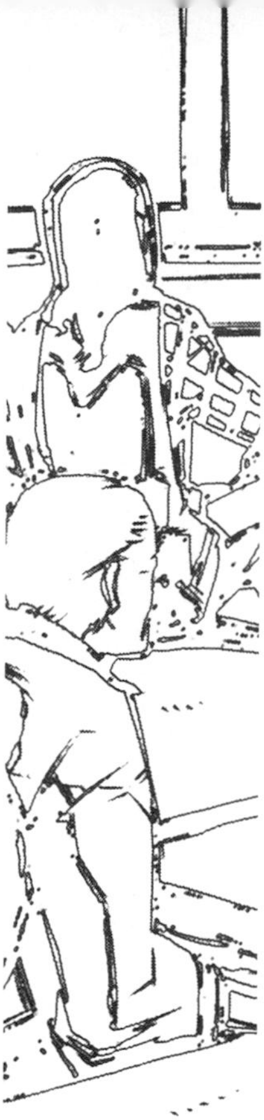

這時候奇諾立刻邊回頭邊站起來，以後退走的方式從走道步出玻璃門離開。由於她進入昏暗處，除了腳以外什麼都看不見。

碎裂的小玻璃片慢慢掉落地板的聲音——

『嘎啊啊啊啊啊啊啊啊啊啊啊……』

跟女子有如混濁鼾聲的慘叫聲重疊在一塊。

『嘎啊啊啊……啊——』

在畫面突然做淡出處理的下一秒鐘，畫面又切換到另一台監視錄影器。

奇諾並沒有在畫面上。出現在畫面的，只有從外面拍攝入口玻璃門的影像。

撞破書店入口玻璃門上半部的女子身體，依然癱軟地靠在那裡。她兩隻手臂軟趴趴地垂下，柴刀也掉在地上。

並沒有看到她身上有什麼傷口。

只不過，軟趴趴靠在玻璃門且微微抽動的女子，有鮮紅的血液從她喉嚨那邊慢慢流出來。

鮮血像瀑布那樣從她兩隻手臂及玻璃門往下面流，不久後，連寫著「歡迎光臨」的腳踏墊都變了顏色。

「啊哈哈哈哈哈哈！那個歐巴桑，因為衝得過猛而被玻璃割斷頸動脈呢！這下子死定了！她鐵要沒命了呢！」

看著畫面的某人，一面驚喜地大叫。

女子應該是為了追奇諾而進入書店，幾十秒後上半身卻從玻璃門撞出來，掙扎個幾秒鐘之後就動也不動。

「到底是怎麼回事啊，真是的！」

漢密斯一面看著那個女子，一面喃喃說道。

「只希望奇諾不會氣得大罵，『難道這個國家，不能夠靜靜地站著看書嗎？』」

沒有半個行人的商店街，開始傳來警車的警笛聲。

「真是抱歉，妳難得造訪我國卻被捲入這樣的事件。真的是非常抱——」

有別於剛剛在公園見過的警官，現在是另一名中年警官一面擦著不斷冒出來的汗，一面拚命重

覆向奇諾謝罪。

奇諾站在漢密斯旁邊，斜眼望著警官們拍攝趴在玻璃門的屍體。

「店內的監視錄影器把整個過程都拍攝下來。這次的事件，旅行者並沒有任何責任。至於這名女子的動機以及詳細情況就只能等往後的調查……但總之，幸好妳並沒有受傷。」

「這已經是今天第二起了喲。這國家的人討厭旅行者嗎？」

一聽到漢密斯這麼說，警官惶恐地說：

「不，並非全然都是那樣……只不過，無奈我們是人口眾多的國家，其中可能會出現幾個腦筋有問題的人……公園的狀況我也聽說過了。真的是，非常非常抱歉……接下來的事情就交給我們處理，請妳繼續觀光吧。」

他跟剛才的警官講同樣的話。

「知道了，那就交給你們了。」

奇諾也講同樣的話，然後推著漢密斯離開案發現場。

「我看不要趴趴走了，乾脆回飯店怎麼樣？奇諾。」

「那我也有想過……可是回去又沒事情可做。」

「睡午覺不是妳最愛又最擅長做的事嗎？」

「撇開是不是最擅長的事不說……一旦睡過午覺，晚上就無法睡得很熟，那很可惜耶。」

「妳也太窮人個性了吧？」

「而且，白天努力趴趴走的話，晚餐吃起來就會格外美味呢。」

「原來是為了那個啊！」

奇諾跟漢密斯邊交談邊行駛在馬路上。

這是距離中央區域略遠的郊外，高樓大廈街區與住宅區之間某綠色地帶旁邊的道路。仿造古代瓦斯燈設計的路燈等間隔佇立在旁邊。

一樣也是沒有半棵樹但只有草坪的綠色公園，沿著馬路呈細長狀地綿延。

現在是下午時刻，天空雖然晴朗，但馬路上沒有其他車輛，公園裡也沒有半個人影。

這時候奇諾看到公園裡面有一間小屋搭建的店鋪，以及排放在它前面的桌椅。

「那是茶館嗎？那剛好，過去休息一下吧。」

奇諾放慢漢密斯的速度。
「因為免費的關係？」
「那也是其中一個原因。」
於是奇諾一個急轉彎，從馬路直接騎上石板道。接著馬上把引擎熄火下車，再一面推著漢密斯進入公園。
正如奇諾猜想的，小屋是一家小型咖啡館。裡面有個無聊地坐著聽收音機，年約二十歲的年輕男店員。他一看到奇諾就連忙將吧台的窗戶打開。
「歡、歡迎光臨！——喔！是旅行者……」
「現在，可以進來喝個茶嗎？」
「當然可以！反正費用是國家支付的，妳可以盡情暢飲喲！」
奇諾從許多種類的茶飲，點了白天沒喝過的種類。店員推薦她可以搭配甜點，不過她拒絕了，只請他附上兩塊巧克力脆片餅乾。
奇諾在無人坐的桌子區選了一張，再用腳架把漢密斯立起來，然後坐下上等候自己點的茶飲。
她摘下帽子跟防風眼鏡，並掛在漢密斯的龍頭上。
「抱歉讓妳、久等了，請慢用哦。」

不久，店員端著擺了茶壺跟茶杯的托盤過來。

奇諾先聞過茶的味道，然後才開始喝。

店員離開以後，漢密斯問：

「有毒嗎？」

「好像沒有，還很好喝呢。」

回到小屋的年輕店員，把門關上後就連忙上鎖。

然後——

「啊啊啊……」

他微微顫抖並蹲下來，抓起架子上的電話話筒之後，就拿著它爬進小屋裡面。置身在四周都是擺放茶葉罐與食材的櫥櫃的他坐了下來，再用顫抖的手按下話筒的按鈕。

『請說。』

「必要之國」
—Entertainer—

撥號聲連一次都沒響就有人接聽了。臼齒「卡吱卡吱」響的店員說：

「那、那個……」

『我看到了，感謝你的回報，你只要在那裡待命就可以了。接下來無論發生什麼事情，都不要探頭看喲。』

奇諾在蔚藍的天空下，舒舒服服地喝茶。

就這樣，她喝完從茶壺倒出來的第二杯茶。正當她跟漢密斯聊毛毛蟲與弦樂器的話題時——

「有客人來了喲，從後面來的。」

聽到漢密斯這麼說，奇諾慢慢回頭看。

是一名正漫步在公園的老人。

看起來已經超過八十歲，是年事相當高的男性。

他有著一顆禿得光溜溜的頭，以及腰部略彎的細瘦身體。身上穿著連身工作服及格紋襯衫，是作業員或農夫常做的打扮。然後，拉著一台載了看起來很重的塑膠桶推車。

老人朝奇諾他們這邊慢慢接近，滿是皺紋的表情很僵硬。

漢密斯說：

「這次想殺妳的，是那個人呢。」

不知道他是在開玩笑還是認真的，總之語氣跟往常一樣。

「那麼——反正茶也喝完了，我們走吧。」

奇諾用一如往常的語氣說道，然後咻地站起來。接著戴上帽子，把防風眼鏡掛在脖子上。

然後就推著漢密斯往公園外面走，打算想避開那個老人。

結果——

「喂、喂！前面的！騎摩托車的！」

老人大喊，還面目猙獰地跑了起來。但因為他還拉著沉重的拖車，也沒辦法跑多快。

「等、等一下！——不要跑！妳不要跑啊！我要殺了妳！不要跑！我要殺妳，不要跑啊！」

老人再次大叫。漢密斯說：

「妳看，人家都那麼說了？」

「真是的，開什麼玩笑啊。」

奇諾邊回答邊推著漢密斯，到了快出公園的時候便停下來。然後跨上漢密斯、發動引擎。

「那麼──我們跑吧？」

『那麼──我們跑吧？』

奇諾的聲音從畫面旁邊的擴音器放出來。

設置在路燈的監視錄影器，拍攝到在公園旁邊的人行道發動引擎的漢密斯，跟跨上他的奇諾。呈現在畫面上的，是從斜上方拍攝的影像。

奇諾與漢密斯開始往前進，從綿延又筆直的馬路左側出去。

過沒多久，監視錄影器切換畫面。

奇諾與漢密斯出現在畫面上方的位置，然後往下移動，也就是朝畫面的前方奔馳。他們離開以後──

『等……等等我……』

老人一面破口大罵，一面氣喘吁吁地拉著拖車出現並往那條路跑。

他一走出人行道，便站在路中間往奇諾他們離開的方向狠狠瞪著。

『不要跑！卑鄙！妳太卑鄙了！』

但是在他大吼大叫的下一秒鐘，卻被一輛急速行駛的車輛從後面撞飛。

小轎車從畫面後面瞬間上場，完全沒有閃開老人就把他撞飛，然後從畫面前方離去。

老人的身體以直線方向在半空中慢慢三迴轉，最後以頭部著地。

這時候傳來什麼破裂的聲音，映在畫面上的只有到處飛散的鮮血與腦漿。

緊接著在馬路旁邊，從畫面右側飛過來的塑膠桶掉下來，裡面的液體全都灑了出來。

拖車在最後墜地的時候產生細微的火花，導致液體整個燒了起來。

紅紅的火焰佔去畫面右半邊，除此之外的畫面都是暗的。

火焰甚至蔓延到老人的腳下，他的鞋子、褲子跟腳開始被火焰毫不留情地吞噬，但老人的身體卻動也不動。

「那個老頭子，原本想把汽油潑在她身上！」

看著畫面的某人開心地說道。

「厲害，應該可以了吧？」

奇諾行駛了約兩百公尺左右，在看來相似的景色中把漢密斯往左靠並停了下來。

「不，看樣子最好還是繼續逃喲，因為有其他客人。」

漢密斯說道。奇諾回頭一看，遠處除了不斷往上竄的黑煙，還有對準他們而來的汽車。

「哇！」

監視錄影器頻繁地切換。

畫面映著公園旁邊的馬路，而且是從右端到左端。至於奇諾跟漢密斯，則是與產生都卜勒效應的引導聲一起出現並離開。三秒鐘之後，小轎車發出輪胎聲緊追在後。

那樣的畫面，一共重覆了五次左右。

奇諾的聲音——

『截至目前為止，被殺——好幾次，但是差點被汽車撞飛，果然是頭一遭呢。何時——服者或刀子耶。』

以及漢密斯的聲音——

『這算什麼——在交通流量大的國家裡，這算是家常便飯——總之小——點囉。』

聽起來有點斷斷續續的。

『好可怕哦——』

『真受不了耶——』

『——好了奇諾，那輛車的速度追不上我們喲。』

『嗯？這話是什麼意思，漢密斯？』

『那輛電動車，不管怎麼把油門踩到底——但是在構造上，卻被限制不能超出固定的速度——

所以，我們大可以逃跑哦。』

『感謝你提供這麼棒的訊息，但是應該沒那麼好康吧——一旦進入市中心——』

不久，原本筆直的馬路，出現了十字路口。

畫面拍攝著十字路口，那個路口的四個角落都立著用來垂吊交通號誌的粗壯鐵柱。

一進入畫面的奇諾就馬上緊急剎車，把速度一口氣降慢。

這時候傳來漢密斯的聲音。

『咦？妳要做什麼？』

奇諾並沒有回答，她用低速繞到交通號誌的柱子後面並停下來。然後下一秒鐘，汽車就猛烈撞上那裡。

之前一直保持追逐速度的汽車，理所當然似的瞄準奇諾與漢密斯衝過來，又理所當然似的衝撞他們前面的柱子。

結果撞上柱子的汽車車體前半部，伴隨著猛烈的破裂聲整個凹陷，後半部則懸在半空中。

柱子被撞到的部分不僅彎曲，還發出刺耳的咯吱聲往汽車那邊傾斜。同時，汽車懸在半空中的後半部，又往馬路墜落。

這時候監視錄影器切換畫面，以特寫的鏡頭正面拍攝汽車駕駛座。從方向盤彈出來的堅韌白色汽球，擋住駕駛使其不至往前飛出去。

『喔，是安全氣囊喲！那就不會像剛才的歐巴桑那樣了！』

雖然沒有映在畫面上，但是卻聽到漢密斯佩服的語氣。

隨著汽球慢慢消掉，畫面上開始看得見駕駛的模樣。

在冒著白煙的駕駛座繫著安全帶的，是一名年輕女子。看起來大概二十五歲左右，長得眉清目秀的，說是美女也不為過。她有一頭輕柔的棕色長髮，穿著短褲與無袖背心，算是露滿多的服裝。

女子慢慢把臉抬起來，隔著龜裂的擋風玻璃往前看。然後，當她看到倒在眼前的只是一根柱子時——

『可惡——！』

就一面破口大罵，一面用力開門衝出車外。

『真是人不可貌相，感覺很強悍呢～』

漢密斯發出聲音的那一瞬間，監視錄影器又切換了。

畫面右側映著下車的女子，左側是跨坐在漢密斯上的奇諾。

女子一度站不穩，但總算是站穩腳步。不過她立刻左右顧盼尋找奇諾的蹤影，對方也輕易被她找到了，接著她大叫：

『救、救命！救命哪！剎車失靈了！』

「喂喂喂！那也拗得太硬了吧！」

看著畫面的某人，訝異地吐出這句話。

「她在說謊，旅行者千萬別相信哦！」

『知道了，我來幫妳。』

「咦……？」

『我會幫妳報警，因此請妳待在那裡不要動。』

畫面上映著奇諾冷靜的表情，以及她把手貼在腰際「卡農」的影像。

「啊哈哈！就是要這樣嘛！」

某人開心地大叫。

這時候畫面中的女子大吼：

『開、開什麼玩笑啊妳！』

由於她是背對著，所以無法得知是什麼樣的表情。

『妳說「開什麼玩笑」是什麼意思？』

奇諾問道，女子說：

『我說開什麼玩笑，就是開什麼玩笑喲！妳啊，知道自己幹了些什麼事嗎？』

她一面大叫一面走向汽車後面，然後打開後車箱，裡面一片黑漆漆的。

『像妳這種人啊，最好快點死了算了！如此一來，我就能得到幸福！懂不懂？』

女子把雙手伸進後車箱裡，然後抓了什麼東西出來。

『更何況就算妳死了，這個國家也不會有人為妳傷心吧？』

她抓出來的，是裝在布袋裡的某種細長物體。這時候奇諾慢慢從腰際拔出「卡農」。

『不過呢，我還很年輕，既年輕又美麗，接下來還有很多很多想要做的——』

女子邊說邊把布袋丟在腳邊，現出裡面的物體。那個細長的某種物體，是散彈用的說服者。她一面把那玩意兒舉起來，一面瞄準奇諾。

『事情喲！』

槍聲響起。

奇諾伸直右手，用拔出來的「卡農」開槍射擊。白色煙霧在畫面左側出現一下下，馬上就消失不見。

右側則是額頭噴著鮮紅的血液，說服者落在路面，整個人摔進後車箱的女子身影。

緊接著傳來「啪滋」低沉的聲音，女子的上半身便消失在後車箱漆黑的內部，只有下半身沐浴在陽光下。

『嗯——雖然有些不同，但結果跟那位歐巴桑一樣啊？』

漢密斯說道。

『…………』

奇諾不發一語地停頓了幾秒，然後把「卡農」收進槍套裡。

「好極了！奇諾太酷了！真是讚哪！」

某人如此大叫。

在警方趕到現場以前，奇諾跟漢密斯一直待在原地等候。

「等夠了吧？乾脆把屍體放著回飯店去吧。」

雖然漢密斯這麼說，但奇諾仍悠哉地輕輕坐在漢密斯上面等待。在那期間女子那雙從後車箱露出來的雙腳，連動一下都沒有。

不久警方的車輛伴隨著喧囂的警笛聲大舉湧來，從警車下來的是跟之前兩次都不一樣的警官。

「旅行者妳好，真不知道該如何向妳道歉呢……」

「這種情況在今天已經是第三次喲。不，連那個怪爺爺也算進來的話，應該是第四次呢。」

漢密斯說道，奇諾則詢問警官「那位老人後來怎麼樣了？」

「是的。聽說他衝出道路的時候，被那位女子駕駛的車輛輾過呢。」

「天哪～他死了嗎？」

漢密斯問道。

「這個嘛……好像是呢。」

「所以他才沒再追過來啊？真是太好了呢，奇諾。」

「一點也沒錯——旅行者，時間已經接近傍晚了，是否打算回飯店了呢？」

對於警官這些話——

「…………」

奇諾思考了一下，然後說：

「我也有此打算。但如果回飯店的途中又遭到襲擊的話，那可就傷腦筋呢。可否請警車在一旁護衛呢？」

「當然可以！」
警官露出極為開心的笑容並如此回答。

晚霞開始出現在向晚的天空。
蔚藍的天色慢慢轉紅，奇諾與漢密斯奔馳在道路上，而警車夾在左右兩側像在護送運鈔車似的。他們進入街道，然後回到飯店。這中間都沒有受到任何襲擊。
接受警官們的敬禮後一走進大廳，這次換飯店老闆帶著滿面的笑容迎接奇諾他們。
「歡迎回來！覺得這個國家怎麼樣呢？」
「很好玩。」
漢密斯答道。
「有一點累。」
奇諾回答，然後把借的東西還給飯店老闆。
飯店老闆一面接過地圖，一面擔心地詢問：
「晚餐我準備好了，請問要吃嗎？如果妳沒有食欲——」
「不，我要吃。差不多就跟昨天一樣。」

回復笑容的老闆開心地說：

「不愧是奇諾！今晚也請妳好好休息吧！」

隔天早上，也就是入境後的第三天早上。

奇諾隨著黎明起床，天氣跟昨天一樣晴朗。

她在寬敞的房間舒展身體地運動，並練習「卡農」與「森之人」的拔槍動作。

接著依依不捨地沖了個澡，然後穿上剛洗乾淨的白色襯衫。

她把行李整理好放進大包包裡，並把出發該做的準備全都做好了。然後花了一點時間等早餐送過來。

正當她吃完比昨天還要豪華的早餐——

「以生物面來說，這麼做是正確的。」

漢密斯說了那天的第一句話。

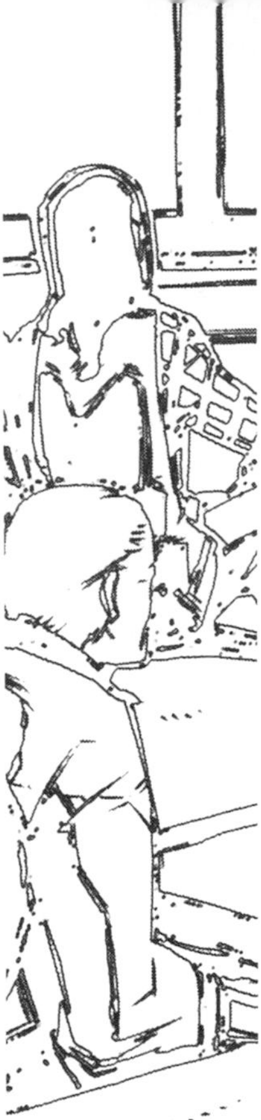

「必要之國」
—Entertainer—

「不知道今天會降下什麼呢？」
「誰曉得呢～早安，奇諾。」
「早安，漢密斯。」

「你們要啟程離開了嗎？真的很捨不得呢。有機會的話，請務必再度造訪我國及本飯店哦。」
在飯店老闆的目送下，奇諾跟漢密斯啟程往前進。
首先，他們繞到店家補充燃料跟攜帶糧食。店雖然還沒開門營業，但是聽到引擎聲而衝出來的老闆卻說：
「把這個帶走吧！還有這個！跟這個！」
由於對方盡其所能提供物資——
「妳想害我爆胎嗎？」
奇諾便盡量把東西堆在漢密斯身上，或者盡可能塞進大包包裡。
他們橫越車流量比昨天還多的國家，然後朝西城門前進。途中數度聽到——
「旅行者——！下次要再來哦！」
「喲！妳很酷哦！」

「妳真的很棒喲——！」

並行車輛裡或走在人行道的人們跟他們說話。其中聽到最多的——

「謝謝妳！」

就是這一句。

「謝謝我？」

奇諾不解地歪著頭，漢密斯則是從下面問：

「奇諾，妳在這個國家做了什麼嗎？」

「我吃了一堆東西。」

「他們謝的應該不是那個，還有呢？」

「殺了三個人。」

「一定是那個哦！」

不曉得漢密斯是在開玩笑，或者真的那麼認為，總之他用往常的語氣說道。

「必要之國」
—Entertainer—

「…………」

奇諾戴著防風眼鏡後的眉頭則皺在一塊。

接著奇諾繼續行駛在這個遼闊的國家，他們離開街道，穿過住宅區，越過廣闊的農地中間，好不容易抵達位於西側的城門。早晨高照的豔陽，把城牆跟城門曬得暖呼呼的。

「我想要出境。」

正當奇諾對城牆前面的衛兵這麼說的時候，城牆旁邊的門打開了。

「嗨，奇諾！」

有個男人邊發出開心的聲音，邊走出來。那是——

「嗨，大叔！」

「漢密斯你好，很高興看到你們這麼健健康康的！」

是前天見過面的入境審查官。

「好了，就只有這些手續而已。感謝你們這幾天的停留，真的很高興能遇見你們喲！」

這裡是位於城牆外側的崗哨裡面。坐在桌子對面的審查官笑咪咪地說道，最後還要求跟奇諾握個手。

「…………」

奇諾原則上也回應他握了個手，然後問：

「為什麼我會刻意遭到追殺？可否請你在最後告訴我原因？」

「…………」

審查官一度瞪大了眼睛。

「哎呀……傷腦筋耶～」

他尷尬地說道。

「若我說——妳指的是什麼事？想必也說服不了奇諾你們吧？」

「沒錯。」「無法說服——」

奇諾與漢密斯同時回答。

「沒辦法，那我就告訴你們吧。這在國內是不能說的祕密，不過這裡在法律上是『境外』，算可以說呢。」

然後審查官用他們入境時一樣的冷漠表情，站起來要衛兵們迴避一下。等他們全都出去了，房間裡只剩下奇諾與漢密斯，還有審查官。

「真的、辛苦你們了！」

聽到突如其來的這句話，奇諾不禁感到有些莫名其妙。

「什麼啊──？」

審查官回答漢密斯的疑問：

「就是昨天那四個人喲。不過，實際上奇諾妳殺死的，只有三個人啦。」

「…………」

奇諾稍微想了一下，然後問：

「關於昨天那四個人……他們都是什麼人啊？」

她的問題馬上就有了答覆。

「是死刑犯！」

「接下來可就說來話長了呢。」

審查官先提了這個開場白，然後兩手手肘靠在桌上，下巴搭在十指交叉的手上，接著開心地娓娓道來：

「這個國家就像我前天說的，是治安良好的國家。加上貧富差距不大，及國內設置的監視錄影器發生作用的關係，幾乎很少出現犯罪行為。但是，雖說『幾乎很少出現』，並不等同『絕對不會發生』。像這個國家也是有警察組織跟監獄喲。」

「請繼續說。」

「然後也有各式各樣的刑罰。從罰金到判決徒刑，甚至也有最嚴重的死刑。不過，死刑在任何時代都有它的問題。」

「你是指『那是非人道的刑罰，希望能廢除』的說法？」

「一點也沒錯，漢密斯。持反對論者，其反對的理由是強調死刑的執行過於殘酷。而且反對的人還提出『那我們一起想想不殘酷的方法吧！』因此執行方法自建國以來就很頻繁在改變。」

審查官開始一一列舉出案例。

火刑——既簡單又輕鬆，是從很久以前就使用的方法。

「必要之國」
—Entertainer—

但因為不會馬上致死，所以過於野蠻。而且還會浪費珍貴的燃料。

用劍執行的斬首刑——由於完全不需要燃料，就成了下一個被選上的方法。

但劊子手的技術不好的話，無法一次砍斷腦袋，就無法讓犯人立即死亡。因此這對死刑犯的痛苦與劊子手的壓力都太大。因此也有人認為斬首很殘酷而提出反對的意見。

斷頭台——為了讓斬首確實執行，並讓死刑犯立即死亡而構想出來的裝置，因而立刻被採用。

但是，維修保養卻比想像中還要困難。雖然使用了一段時間，但還是得到跟斬首沒什麼兩樣的批判。

絞刑——是繼斷頭台之後選擇的方法。乍看之下很簡單也能夠確實執行死刑，在提出構想的時候就覺得應該就是它了。

但事實上常發生繩索斷裂，導致處決失敗的狀況。而且力道不夠的話也無法讓犯人立即死亡，力道太大又會讓腦袋掉下來，因此有許多麻煩的問題。

電椅——這使用的是電力，是很快就發現到的方法。提出構想的時候，還倍受稱讚說是科學的力量。

但是，因為犯人體格不同而常常出現失敗。而且令人意外的是，這反而很難讓人立即死亡。而且還收到來自電力公司「請不要使用本公司輸送的電源」這種抱怨。

藥物注射——是很穩定的方法。首先利用安眠藥讓犯人睡著之後，再注射毒藥。這樣他們感受到的痛苦會比較少，因此就被採用了。

但是，這種處決的效果，也會因為體格而出現劇烈的差異。而且還接到針對專門救人的醫生，在場見證處決一事的批判，因此在醫學界也掀起不小的風波。

射殺——針對讓犯人立即死亡的意義來說，算是非常方便。實際上只要花點子彈的費用就能搞定，是不會花什麼錢的方法。

但是，對開槍者來說壓力太大。也可能有人會刻意沒射中，或者混入空包彈。不過空包彈的問題只要實際開槍後，看有無後座力就知道了。問題是某些時候的處決，所有人會刻意沒射中。

「照、照你這麼說——無論選什麼方式處決，都一定有人持反對的意見。」

漢密斯問道。

「為了以防萬一先問一下。就算是那樣，貴國仍不曾做過『廢除死刑』這種事情吧？」

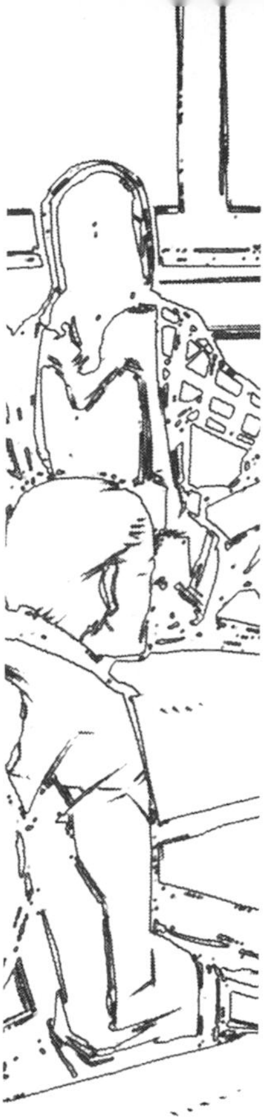

「是的。畢竟反對死刑派，至今在國會仍沒有佔很多席次。在我國，『死刑乃正當防衛』的想法仍是主流。」

「你說『死刑是正當防衛』？」

奇諾問道。

「是的。這並非絕對正義的想法，從頭到尾都是一種現在主流的想法——」

審查官小心翼翼地先這麼說，然後開始解釋：

「對於最後被判死刑的犯人來說，他們之所以要面臨那種行為——算是法律賦予被害人有權殺死他或她而做的正當防衛。」

「嗯嗯嗯，就像昨天奇諾那樣對吧？」

「沒錯。可是『被害人』卻無法像『犯罪者』有新生的機會。本來國民應該受到正當防衛的保護，但是卻出現了被害人。所以國家……也就是『全體國民』，代替那名被害人執行正當防衛，雖然這麼做只是亡羊補牢。但就由我們代替被害人做他最後想做的事情。那就是我們現在認定的『死刑』。」

「嗯——」

「畢竟我們怎能讓正當防衛就此喪失呢。」

審查官如此說道，奇諾詢問：

「那麼，這國家的死刑制度跟昨天奇諾遇到的狀況，有什麼關聯呢？」

「是的——近幾年來，反對死刑論者又加了兩項新主張。一個是，『被迫要殺人的刑務官太可憐了』。雖說是執行職務，卻必須要殺人。無論什麼方法，不可諱言那是很辛苦的工作。也就是說，從以前就要求必須照顧到『義務代替別人殺人』的刑務官的心理層面。」

審查官一度停頓做為區別，然後——

「另一個主張是，『死刑絕不能奪走人們的希望』。」

「什麼？」

「希望？那是什麼？」

奇諾不解地歪著頭，漢密斯問道。審查官則淡淡地回答：

「反對論者說——『人就是懷抱著希望才能活下去。一旦死刑定讞，就會奪走死刑犯的所有希望。那比奪走他們的生命還要殘忍。縱使奪走他們生命是必要的事情，但唯獨希望不要從他們身上

「必要之國」
—Entertainer—

奪走。如果做不到那點，那就應該廢除構造上有缺陷的死刑制度』——反正就是這些理由啦。」

漢密斯「嗯——」地回應，奇諾則說：

「國民都接納這件事嗎？」

「這個嘛，那些主張後來是自然而然地滲透人心啦。結果為了繼續保留死刑制度，就必須想辦法因應那兩個主張。也就是——想出基於『不要讓任何一個國人背負處決的重擔』、『不要讓死刑犯失去希望』的條件下執行死刑的方法。由於這問題很困難，的確讓許多人傷透腦筋喲。」

面對說話像個學者的審查官——

「原來如此啊～」

首先漢密斯這麼說。

「因此，就找上我這樣的旅行者是嗎……」

然後奇諾跟著說道。

「是的，正如妳所洞察的！現在這國家的死刑，是『請殺死入境的旅行者』的制度喲！名稱就叫做『旅人刑』！」

奇諾淡淡地詢問滿臉開心的審查官：

「說的具體一點是什麼樣呢？」

「很簡單喲。一旦有旅行者造訪我國，就利用國內的監視錄影器追蹤其行動。同時，警車載著所有死刑犯跟在後面。然後在盡可能沒有人在的地方唆使死刑犯。『這是你們最後的希望，要是能順利殺死那個旅行者，死刑就會中止。然後讓你選擇改派有期徒刑或被放逐到國外』——就這樣對他們說。就算拒絕那麼做而坦然接受死刑，那也無所謂。不過正如你們所知道的，他們可是開心地巴不得衝出去喲！但因為是一對一的方式，所以順序是用抽籤決定的。」

「原來如此啊～那麼，他們拿的各式各樣武器呢？是凶器嗎？連車子也是嗎？」

漢密斯問道。

「當然警方交給他們的，是勉強可使用但看起來贏不了的武器。順便一提，如果他們拿武器對付警方，就會立即射殺哦。」

「既然這樣，一開始就這麼做不就得了嗎？」

「這個嘛～那也是有很多問題呢。」

「但結果不都是一樣嗎？」

「這個嘛，話是沒錯啦。不過你看，透過監視錄影器就看得到，所以不能說謊喲。」

「那麼，反對派同意那種做法嗎？」

「恐怕是不同意吧？由於反對派提出的問題已經解決了，因此態度也趨於緩和。不過，將來會怎麼樣倒不知道呢。」

「原來如此。」

「人類是不能中止思考，要常常想出一些主意才行。」

漢密斯開始跟審查官聊了起來，奇諾則也稍微思考一下並詢問：

「這套制度是從什麼時候開始的？這次是第一次試驗嗎？」

審查官立刻回答：

「不，今年已經邁入第十五年，而這次是第四回。」

「截至目前為止，有任何旅行者被殺嗎？」

審查官「嘻」地笑了一下，還反問奇諾：

「妳是明知故問嗎？」

「是的，沒錯——沒半個人嗎？」

「怎麼可能有呢！入境的時候我們就確實挑選過旅行者。像是身上有攜帶武器，過去曾為了自衛而有過殺人的經驗，因此不會討厭為了自衛而行使武力的人。具體說的話，就是膽識大到殺死三個人那天，還能夠毫不在乎地享受晚餐的人。」

「奇諾，妳受到稱讚了喲！」

漢密斯如此說道。

奇諾則是對審查官說：

「也就是說……昨天那四個人除非有很強的運氣，否則只有被我殺死的份是嗎？」

「是的，不那樣的話就太奇怪了。畢竟他們都是死刑犯，以國家的立場來說，是不可能讓他們繼續留在人世喲。之所以『不殺死刑犯』，因為那如同『殺死一般市民』，是不可以做的事情。」

「不過，你們並沒有跟當事人說，那是毫無勝算的賭注對不對？」

漢密斯問道。

「當然，那種事情我們不會跟他們說的。也完全沒有必要說，因為不能奪走他們最後一絲希望。」

因此，年輕的奇諾就最適合這個任務。那四個人完全沒察覺到，也沒有想到奇諾的槍法會那麼神

準。而開心地抱持『只要殺了那傢伙就好了嗎？那太簡單了！』的想法。」
漢密斯回答「原來如此」，然後又說：
「可是啊～過去三次都沒有人順利殺死旅行者，但他們還是毫不猶豫地展開襲擊。既然至今都不曾有人成功，那些死刑犯應該也會發現到其中的困難之處吧？」
「那是因為，那些人也沒有第二條路可走，所以就催眠自己一定辦得到喲。人類一旦被逼到走投無路，即便是不可能的方法也會當做是解決的方法。像高樓大廈失火的時候，被困在高處人們會覺得地面看起來很近，甚至萌生出『即使往下跳也不會死』的念頭。」
審查官又繼續說：
「順便一提有關那些傢伙——就是昨天那四名死刑犯的事情，乾脆也告訴你們吧。第一個中年男子，是連續強姦與殺人犯。他利用學校老師的身分當做掩護，不僅對學生亂來還強逼他們不准張揚出去。連續幾年這樣的行為後，他卻殺害一名提起勇氣告他的女學生，還把她的屍體丟進焚化爐企圖毀屍滅跡。第二個中年女子，別看她那個樣子，她可是連續殺人犯呢。她嫉妒生活富裕的友人，然後把邀請到派對的四名友人拚命用菜刀刺死。第三個老人是毒殺犯。雖然他是餐廳的老闆，但因為自己的生意變差，就在競爭對手的火鍋裡下毒，結果導致兩名客人死亡，八人嚴重中毒。最後那名年輕女子，是跑去不肯跟老婆離婚的不倫對象家裡縱火，結果那一家六口連同嬰兒都被燒死，雖然看起來像是意外火災，但很快就被識破了。」

「好精彩喔～」

漢密斯這句話讓審查官無奈地苦笑。

「好嚴厲的諷刺哦。」

「那麼，原則上也問一下，有沒有可能是冤獄呢？」

漢密斯故意挖苦著問。

「這個嘛～有關上述的四個案件，都沒有冤枉的可能性。因為這個國家隨處可見監視錄影器，只要案發後調出來看就真相大白了。」

「原來如此，但即使那樣也還是無法阻止人們犯罪呢。」

「這個嘛，就是說啊。人類算是弱小的生物，不過那些人全是這三年以內確定死刑的犯人，所以國內的治安還是算不錯啦。其他國家的狀況我們只是聽說而已。不過，死刑能夠順利執行完畢，也讓人鬆了一口氣呢。奇諾妳停留的時間很短，必須連續『處決』四個人可是相當辛苦呢。」

審查官微笑地說道。然後又板起面孔，語氣嚴肅地說：

「我覺得，這是能夠讓大家認同又不錯的制度喲——首先我國大多數的人民，姑且都認同那種執行方式。而每一位國民都不會沾污自己的手，也減少了眾人的負擔跟壓迫感。至於那些死刑犯，不再過著害怕死刑執行的生活，在臨死前都還抱持『屆時看我怎麼做，或許就能得救！』的強烈希望。所以那些傢伙，就算在拘留所裡都非常有精神喲！然後死刑犯所造成的被害人，還能看到憎恨的他們被旅行者毫不留情殺死的影像。想必他們一定感到大快人心吧。順便一提，一般國民如果到達一定年齡以上，只要經過申請也能看那些畫面喲。」

「果然有現場直播呢。」

漢密斯說道，審查官則語帶興奮地說：

「我忘記告訴你們了，整個過程都是現場直播哦。昨天你們活躍的表現，讓收視率飆得很高喲！因為奇諾你們走出飯店的那一瞬間，街上的人就全部消失呢！我也坐在監視器前面觀戰。天哪～奇諾妳真的好酷哦！」

奇諾問審查官：

「那麼——『認同的大家』之中，也包括我嗎？」

「那當然喲！——奇諾妳能夠把說服者運用自如，還能夠盡情射擊，不覺得心情爽快多了嗎？」

「並不會。」

奇諾立刻回答。

「哎呀～那真是失敬。因為過去的旅行者之中，佔了相當機率是這一類的人呢。像三年前來的人，在最後聽過我們的解釋之後，還說『這已經是所有人了嗎？我還想再殺呢！乾脆你們的死刑犯都交給我來處決吧！』」

「那應該是因人而異。」

「這個嘛～是沒錯啦。呃——那麼，我換一種說法好了——『奇諾妳說是為了自衛，或者是正當防衛，因此被迫做出妳不想做的殺人行為。不過，那卻讓妳能夠免費享受超豪華的飯店與三餐、漢密斯的維修保養，以及補充許多旅行的必需品做為報酬。不，是已經享受到了』。對於沒有被選上的旅行者，我們是不會如此盛宴款待的。所以這算是相當不錯的差事吧？」

「…………」

奇諾沉默沒說話。

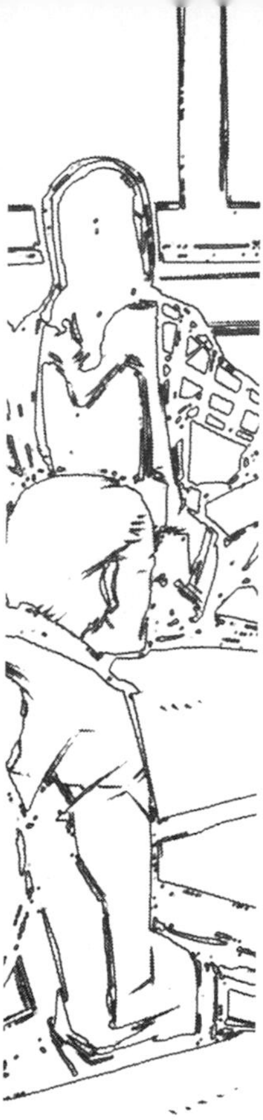

「太好了呢，奇諾。就算奇諾覺得這樣的差事並不妥當，但我可是受惠良多喲。」

漢密斯說道。

奇諾嘆了一口氣，然後語氣堅定地說：

「能夠拿的東西，我就不客氣帶走了——不過我，再也不會到這個國家來喲。」

「咦？為什麼呢？——我正想說妳下次再來的時候，絕對要再請妳幫忙呢。屆時我們會準備大餐等妳喲。」

奇諾回答：

「因為我會沒空放鬆心情觀光。」

「我們這裡並沒有什麼了不起的觀光名勝啦。不過……既然奇諾妳不擅長也不喜歡殺人的話，那也沒辦法呢。我們也無法強迫妳。」

審查官無奈地聳肩，奇諾停頓幾秒後說：

「我並不喜歡殺人。而且，我更不喜歡有人期待我殺人，而且看到我那麼做還開心不已。」

審查官用力點了一下頭。

「原來如此。我非常明白妳的意思了，也知道那麼做破壞了奇諾妳的心情。只不過——」

「不過什麼？」

「那套死刑系統是必要的，我們往後還是會繼續執行的。」

「必要，是嗎？」

「是的，因為它是必要的——奇諾妳也說過『為了讓自己活下去，有必要殺了那些傢伙』，不是嗎？即使自己並不喜歡殺人。」

「…………」

奇諾並沒有回答審查官的問題，但他則是笑著說：

「兩者的道理是一樣的。」

「必要之國」
—Entertainer—

尾聲
「這個世界的故事・a」
—It Happens.・a—

尾聲「這個世界的故事・a」
—It Happens.・a—

某天奇諾與漢密斯出現在某片熱帶莽原。

堆著旅行用品的漢密斯，以腳架立在遼闊大地的某處略高山丘上。

現在正值乾旱期。晴朗蔚藍的天空與耀眼的太陽，倒映在漢密斯銀色的油箱上。

身穿白色襯衫與黑色背心的奇諾，帽子戴得淺淺的並趴在漢密斯旁邊，利用沒有組立的帳篷代替墊子鋪在地上，然後舉起稱之為「長笛」的步槍型說服者。

「長笛」用兩腳架立在大地，完全動也不動。它瞄準的，是山丘下的大地。

奇諾瞪大雙眼，用右眼透過瞄準鏡窺視。鏡頭裡面映著一對母鹿跟小鹿。

大隻的母鹿跟嬌小的小鹿，正悠哉地漫步在布滿低矮雜草與泥土的寬廣大地上。

漢密斯有如唸咒般地喃喃說道：

「距離，兩百六十九。落差，二十四。風向，來自五點鐘方向。風力，二至三點三級。氣溫，二十六。濕度，四十八。」

「了解。」

奇諾簡短回覆，又繼續舉著「長笛」，然後用左手不斷「卡嘰卡嘰」地轉動瞄準鏡旁邊的輪盤。

母鹿與小鹿，慢慢地從奇諾標示著十字線的圓形視野走過。

小鹿抬起頭與母鹿四目相接，兩頭鹿靜靜相視對方並停下腳步。

同時，奇諾扣下扳機。「長笛」內部產生爆炸，燃燒的氣體推動小小的金屬加速飛出。

那顆金屬劃出一道直線，不到一秒鐘就把奇諾與小鹿連繫在一塊。

只見小鹿前腳根部的血肉爆出，緊接著小小的身體倒下，躺在乾燥的大地上。

「命中，太厲害了。」

聽到漢密斯這麼說——

「不，打偏了。原本希望能命中胸部，讓牠當場死亡的……」

奇諾仍然舉著「長笛」，用充滿遺憾的聲音回答。

「反正牠也逃不了了，馬上就會死掉喲。所以就當做『打中了』不就好了嗎？」

「不，要是讓牠受傷的話，肉質似乎會因為充滿血腥味而變不好吃喲。」

「就算是那樣，反正奇諾還不是會做成肉排烤到硬梆梆為止，屆時再適當灑上鹽巴跟胡椒不就得了？而且妳似乎是味覺白癡。跟別人比起來啦。」

「你講的問題，就多方面來說我並不否定。」

奇諾透過瞄準鏡，看到母鹿擔心地跟在倒地的小鹿旁邊。由於牠來到小鹿前面，因此擋住了瞄準的目標。

於是奇諾對母鹿說：

「妳的心情我能體會，但拜託妳退到旁邊好嗎？」

「何不朝牠腳邊射個兩三發恐嚇一下？」

「要是打到牠怎麼辦？那樣會吃不完喲，而且也浪費子彈。」

「妳也太窮人個性了吧！那不然，直接到那邊怎麼樣？」

「看來也只有這麼做呢……」

奇諾關上「長笛」的保險後站了起來，然後背著它把原本鋪著的帳篷捲起來並綁在漢密斯的載貨架上。

然後，就在奇諾準備跨上漢密斯的那一瞬間。

「等一下！」

漢密斯驚慌大叫，奇諾立刻把「長笛」移到身體前面。

「是人類？還是猛獸？」

奇諾問道，但漢密斯的答覆卻完全不搭軋。

「都不是，妳沒感覺到嗎？有震動從遠方不斷接近。」

「震動？」

奇諾不解地歪住頭，接著左顧右盼。

然後——

「這個世界的故事・a」
—It Happens.・a—

特別收錄

「各式各樣的故事」

—a Beautiful Dreamer—

（初次出現在PS2「奇諾の旅Ⅱ」同綑特典Special Booklet）

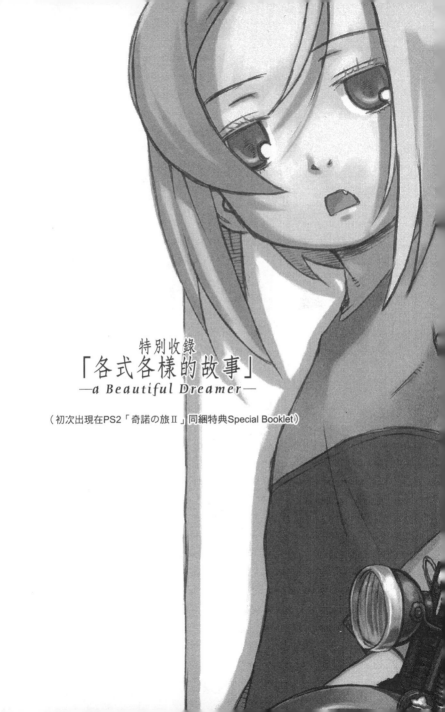

特別收錄「各式各樣的故事」

—a Beautiful Dreamer—

有個奇諾獨自在某個地方。

她穿著棕色大衣跟黑色夾克，腰際懸掛著大口徑的左輪手槍，怎麼看都是貨真價實的奇諾。

「好了漢密斯，我們到什麼地方走走吧。」

「妳說『到什麼地方走走』，但這裡就這麼一條路耶！」

有個漢密斯在奇諾的旁邊說道，奇諾語氣乾脆地回答：

「就算是那樣，總覺得邊看地平線邊試著講那種話，就很有旅行者的氣氛呢。」

「那個『氣氛』是指什麼？」

「就是我也看起來像個旅行者啊。」

「妳不就是旅行者嗎？」

「好了，到什麼地方走走吧……反正路可以自由選擇呢。」

「不是啦，這裡就這麼一條路喲。因為我們是從東邊來的，所以是前往的方向是西邊。」

「就是算那樣，總覺得那麼說很有旅行者的氣氛呢。」

「剛剛就問過妳，那個『氣氛』是指什麼啊？」

「就是我也很像個旅行者的意思。」

「不是說過妳就是個旅行者啊！」

當這個奇諾跟這輛摩托車進行毫無意義的對話時，有個師父正好走過來。她烏溜溜的長髮隨風飄揚，做著高雅的打扮，腰際懸掛著左輪手槍。還有個長相俊俏，以下省略的男子也跟隨在旁。

「搭檔這種事很酷，好歹也讓我當妳的伙伴什麼的……」

但是那個師父並沒有答應。

「妳好，旅行者。」

師父看著奇諾跟漢密斯如此說道。

「妳好。我叫奇諾，這是我的伙伴漢密斯。」

「我是師父，他是搬行李的。」

師父如此說道。搬行李的雖然有發了什麼牢騷，但聽不到他的聲音。

「能夠在這種地方遇見其他旅行者，也算很難得呢。既然這樣，我們何不一起旅行一陣子呢？」

「贊成，雖然我對妳有似曾相識的感覺，但確定以前並沒有見過妳。」

於是兩個人、一輛摩托車跟搬行李的，就這麼一起旅行了。

真是可喜可賀啊！

「感情融洽之國」
—Born to be a Dictator—

一輛摩托車跟師父的黃色以下省略的車子，奔馳在草原的道路上。這是一條沒什麼交通號誌，路旁也沒有堆積垃圾的整潔道路。

晴朗的天空不僅看得見太陽，也看得見白色的浮雲。妮妙的飛機跟戰車在飛翔。妮妙則在浩瀚的天空大叫：

「我是正確的！」

戰車則自顧自地唸唸有詞說：

「在哪裡？妳在哪裡？」

奇諾跟師父則一面並行一面交談。

「師父妳這個名字好有趣哦，究竟是什麼意思呢？」

「妳佩帶了一挺不錯的說服者呢。」

「是啊，因為我是奇諾啊。」

「說服者果然還是要大口徑比較好，要是像竹槍那樣可就完全沒用呢。」

「因為我是人類啊。」

「我也有跟妳一模一樣的說服者，妳的是在哪裡得手的？」

「每天每天早上，漢密斯都不肯早起，實在有夠傷腦筋呢。」

不久，終於看到一個國家了。因為他們是旅行者，所以就準備入境。

「你們好，旅行者。」

一走進那個國家，百姓便如此說道，還掛著滿臉的笑容。

這是個小國家。國內看起來非常平靜又穩定，似乎是個和平的國家。所到之處遇到的人們，都以悠哉的笑容歡迎旅行者。

「就目前來看，是個相當不錯的國家呢。」

搬行李的說道。

不久，奇諾與師父與漢密斯與搬行李的，受到國長邀請一起共度晚餐。既然能吃到免費的豪華大餐，這群人根本就沒有理由不去。

他們被帶到寬敞的宴會場，坐在上座且高齡九十歲，步履蹣跚的老爺爺竟然是國長。他隔壁並排坐著年紀差不多的人，也代表他們都是擔任國內要職的人們。

接下來有許多人開心在用餐。

「這國家的人都好和藹可親呢。」

搬行李的說道。

「那正是我國最感到自豪的地方。大家都是同一個國家的人，有什麼好爭的呢？和睦相處是多麼美好的事情啊——各位願不願意居住在這麼棒的國家呢？」

國長笑開了臉，邀請大家定居在此。但師父跟搬行李的，都以「定居下來的話就不是旅行者」的理由婉拒。

「平靜又和樂融融的國家是有其好處，但旅行卻能安撫暴躁的情緒。」

師父忘記所謂「口頭上的應酬」這檔事。

這時候搬行李的他旁邊坐著這國家某個中年男子，一看到送上來的料理（烤雞）之後，便要求服務生說：

「這烤得有點焦，可以幫我換掉嗎？」

結果國長立刻站起來反駁他：

「那樣的焦度才好吃呢！」

然後說：

「你破壞了和睦的氣氛，必須處死刑。」

聽到國長這麼說的中年男子，臉色整個蒼白，拚命道歉「對不起，是我不對」。但是國長完全充

耳不聞，大家也都冷眼以待。然後在旅行者們滿是不可思議的注視下，中年男子被一群看似警官的人拉出去。

「不要啊——！拜託不要處我死——」

他消失在房間外面，約莫三十秒鐘——

砰！

就傳來一個槍響。

警官回來傳達已經順利處決那名男子的消息。

「抱歉讓各位旅行者看到如此不堪的場面。」

國長向大家道歉。而奇諾跟師父跟搬行李的跟漢密斯，都沒什麼特別反應地坐著。國長開始向大家解釋：

「這個國家為了大家都能夠和睦地過生活，因此國長的命令是絕對的。國長必須嚴格監看是否有任何打鬥或爭執。也絕不允許有任何造成爭執原因的不同意見出現。」

師父輕鬆地回答「原來如此」。

「不過，忘了愚蠢人類的事情，好好享受晚餐吧。」

然後國長把切得大塊的雞肉送進嘴巴，正當他享受這些美食又咬又喝的時候——

「唔！」

國長的臉色大變。變得蒼白還痛苦地掙扎，接著就整個人「啪噠」地往後倒。周遭人們上前關心也無法改變這個悲劇。

「死掉了……是窒息死亡……」

想不到國長就這樣暴斃了，然後他的遺體被擔架抬走搬到屋外。

「那麼，下一任的國長由我——」

旁邊跟國長年齡相當的男性站了起來，並乾脆地如此宣布。在場沒有人持反對意見。

「旅行者，我是下一任的國長，請多多指教。」

「知道了——話說回來，你們是以什麼基準決定國長的？」

奇諾問道。

「是年齡。在這個國家，最年長的人就接任國長的位子。然後國長的命令是絕對不可反抗。早出生個一分鐘一秒鐘的人就是絕對偉大，年少者要絕對服從年長者。那是大自然的法則——對了各位，要不要重新考慮看看？成為這個了不起的國家的居民怎麼樣？」

奇諾跟師父跟漢密斯跟搬行李的，在能吃多少就吃多少之後便離開這個國家。

並且留下了「謝謝各位的款待」這句話。

「賦予之國」
—Give and Take—

奇諾跟師父跟漢密斯跟搬行李的，抵達了其他國家。途中曾遇到山賊的襲擊，但是他們以秒殺的速度就全擺平，還賺到不少錢。但因為不好玩就跳過不說了。

接著，在那個國家的城門，審查官說道：

「請在這裡簽名。」

奇諾則問「簽什麼名？」

「就是『如果在國內因意外死亡，就必須捐出器官』的同意書喲。這是全國國民的義務，連訪客

也必須簽署。」

奇諾露出「不懂那是什麼意味」的表情。

「由於剛死去的人的心臟與內臟都還可以使用，就能夠那些器官移植給受到疾病折磨的人並救回他的命喲。」

師父如此解釋給她聽，這讓奇諾非常佩服。

兩個人與搬行李的紛紛說「反正只要不死就好」、「真的掛了的話，要怎樣都隨便啦」，然後就簽下同意書入境了。

這是入境沒多久的事情。奇諾心想「接下來要往哪裡走」，而在廣場看地圖的時候，突然有一輛卡車以極猛的速度衝過來。這時候師父比奇諾還迅速地拔出腰際的左輪手槍，並且開槍射擊。只見輪胎被打飛，卡車沒有撞到奇諾並翻倒在路上。有個男人從玻璃破碎的駕駛座被甩出來，他頭部撞擊到水泥地並發出刺耳的聲音之後，就動也不動了。

「好危險哦～」

「是啊，師父真是謝謝妳。」

整個過程看得一清二楚的搬行李的，難得開口說：

「不過，那是怎麼回事？我只覺得那輛卡車，是故意朝我衝過來耶。」

接著有人群圍在男子四周，而似乎變成屍體的男子，不久就迅速被抬離現場。

「那是怎麼回事啊？」

師父也滿是疑問，於是找了附近一個看熱鬧的民眾詢問。

「喔～妳說那個是嗎？那位旅行者剛好很幸運呢。」

「你說『很幸運』，是嗎？」

奇諾問道，漢密斯則進一步地問「什麼很幸運啊？」

「就是年齡跟體型啊。你們入境的時候都簽了萬一死亡就提供器官的同意書對吧？因此，你們必須保持在這個國家，隨時會被追殺的警覺喲！」

「你的意思是——會殺死某人，以便讓他提供器官是嗎？」

「不然咧？人只要心愛的人面臨瀕死的狀況，任誰都會那麼做喲！」

「因此那個駕駛……」

「是的，可能是他的女兒或兒子正在等器官移植吧？不過，今天他似乎變成捐贈者了呢——其他

像是交通事故頻傳的週休二日，對等待器官的人來說可是快樂的週末喲。總之請你們在這個國家，千萬要小心不要被殺，而成為救某人一命的器官捐贈者。不過旅行者自我防衛的工夫都很好，應該是沒什麼好擔心的啦！」

如此回答的男子，小心翼翼注意四周之後便離開了。

後來在停留的那三天，奇諾共計被追殺兩次，師父也兩次，搬行李的則是一次。

「真是的～」

漢密斯倒是被偷了兩次把手，輪胎五次，車體則是三次。

然後——

「其實還挺好玩的呢，師父。」

「就是說啊。」

奇諾跟師父跟漢密斯跟搬行李的，出境離開了這個國家。

「閃耀之國」
—Creators—

接下來奇諾與師父與漢密斯與以下省略進入的——

「太過分了啦！」

接下來奇諾與師父與漢密斯與搬行李的進入的，是一個普通的國家。

無論規模、技術發展的狀況、國家富庶的程度，都是很常見的普通國家。換個方式形容的話，就是一個無聊的國家。

「偶爾到這種沒什麼怪癖的國家也不錯呢，奇諾。」

「頗有同感。這次我們好好享受入境的樂趣吧，師父。」

然後就在他們找到一家飯店，在大廳邊喝茶邊休息的時候。

「歡迎來到我國，你們一定很高興來到這麼棒的國家吧？」

這個國家的人如此說道。仔細一看，發現已經被不分男女老幼的一群人團團圍住，他們全都氣

喘吁吁的。

「我國是這個世界最棒的國家！」「沒錯！」「一點也沒錯喲！」

這群人都自信滿滿的，但奇諾跟師父跟漢密斯跟搬行李的，似乎沒有感動的樣子。只是適當又毫無誠意地回答「這個嘛～」或「是嗎？」

「啊啊，剛抵達的旅行者們還不知道我們的優點呢——好吧，讓我們好好告訴你們吧。」

大家心想「大可不必吧」或「又沒有拜託你們說」，但還是默默不說話。

於是他們便開始敘述，首先是「這國家的歷史很了不起哦」。

「我國的歷史有一萬年以上！當其他國家的人們還使用石頭，過著野蠻生活的時候，我國已經有了不起的文明呢！」

然後又這麼說，「現在全世界的偉大發明與發現，幾乎都是來自這個國家」。

「這些偉大的發明、發現，都是因為我國太優秀而得以成就。像是車輪、鐵器、科學、文化，全都是我國創造的！就連旅行者們的說服者，也是在六百年前由我們鍛造出來的！像汽油引擎，是一百二十年前我國的天才製造的！頭上戴的帽子，也是我國的發明！想到鞋子附上鞋帶的，也是我國！所有的藝術都誕生自我國！開發刀子的，也是我國！話說回來，發現把水煮沸就是熱水的，也是我國！老實說我們很想針對每一項發明與發現收取使用費，但心胸寬大的我國則免費讓未開發的鄰國使用。因此，這個世界才得以進化到這個程度呢！就算全世界低頭在地面磨擦上百次，向我國流淚感謝都不夠呢！」

漢密斯對那群得意地自吹自擂的人們如此詢問：

「請問，有什麼證據嗎？」

「當然有！」

他們回答得很光明磊落。這些國民極為理所當然、以彷彿回答絕對正確之事的態度說道：

「這些紀錄將記載在世界歷史裡。將仔細記載在『全世界大歷史事典』，與記載世界的發明、發現之事物的『全世重界大發明發現辭典』裡！記載在那些書籍裡面的事物全都經過證明，沒有任何疑問！只要閱讀這些書籍，無論是怎麼難以置信的事情都不得不相信呢！」

後來特地運送到國人面前的，是厚得離譜又裝訂豪華的兩本辭典。

奇諾問，既然這樣的話……

「這本『全世界大歷史事典』與『全世界大發明發現辭典』，是誰編寫的？」

這個國家的人們以剛才自信滿滿的態度，斬釘截鐵地回答：

「當然是我國！——這還用說嗎？」

「出賣的國家」
—Sales Talk—

正當奇諾與師父與漢密斯與搬行李的旅行的時候，西茲他人則是在草原。陸也跟他在一起，他們乘坐在越野車上。

越野車上面，還坐了一個總是沉默寡言，不曉得心裡在想些什麼的白髮少女，她是蒂。

「哎呀，是奇諾跟漢密斯。」

「各式各樣的故事」
—a Beautiful Dreamer—

西茲出聲打招呼，奇諾也點頭回應說：

「好久不見了呢，陸。還有牠的飼主。」

西茲當下好受傷，整個人幾乎站不穩。

「我叫西茲！我叫西茲！我叫西茲！我叫西茲！我叫西茲！」

奇諾完全沒有理會毛衣男，然後向陸介紹師父跟搬行李的男子給他認識。漢密斯如狂風暴雨般地咒罵陸，陸也用狂風暴雨般的咒罵回應。

「他們倆的感情真好呢。」

師父如此說道。

「唉……」

西茲嘆了一口氣，總覺得他好像比之前見面的時候還要疲累。

「怎麼了你？臉色很難看呢。」

奇諾原則上問了一下，西茲回答說：

「其實從不久前我就覺得右肩很重，也覺得頭沉沉的，而這些症狀都沒有痊癒。開車的時候整個人覺得不太對勁，感覺很難過呢。」

「會不會是你揮刀用力過猛啊？」

「我也曾那麼想過，因此做好一陣子控制力道的訓練，但還是治不好呢。」

西茲如此說道，並陷入長考「怎麼會這樣呢？」陸也不知道原因而舉手投降，至於蒂——

「…………」

則是不發一語地站在旁邊。

「這很簡單喲！」

搬行李的男子，從黃色車子走下來並說道：

「毛衣老兄，你是否認識穿著紫色衣服還綁了兩根辮子的女孩呢？」

西茲回答「咦？」並回想著。

「很久以前，我曾見過那樣的女孩……」

「沒錯吧？而那個女孩，已經死了對吧？」

搬行李的看起來很開心，西茲則是露出不可思議的表情。

「你說的沒錯……但你怎麼知道呢？」

「你問我怎麼知道？因為我看得見啊！」

「看得見什麼？」

奇諾問道，搬行李的自信滿滿地回答：

「就是坐在毛衣老兄的右肩，還滿臉笑容靠在他頭部的那個女孩的靈魂。那女孩非常喜歡老兄你，所以就附——」

就附在你身上。搬行李的還沒有把話講完，就已經被師父打得滿頭包。她使出右拳、左直拳、膝撞、腳跟下壓，最後還動用到椅子的凶器攻擊。當然同時也伴隨了「啊嗚！咿耶！唔呀！咕耶！」等等慘叫聲。天哪～實在有夠慘。

「那麼我告辭了。」

師父把打趴在地上的搬行李的丟進車裡，留下一句「再見」就像子彈一樣地離開。黃色車子的速度有時候亂快一把的，然後就不見蹤影了。

那麼留在現場的，只剩下西茲一行人與越野車，以及奇諾與漢密斯。

「能夠知道原因真是太好了呢。」

奇諾如此說道。

「我才不相信什麼幽靈呢！」

西茲一點都不高興。即使那樣，他還是發動越野車的引擎並說「那麼到下一個國家吧」。奇諾則騎著漢密斯慢慢地跟在越野車後面。

很快就看到下一個國家的城牆。

「不曉得是什麼樣的國家呢？」

奇諾一這麼說，西茲便回答：

「會是什麼樣的國家呢？只希望那個國家的居民很喜歡自己的國家，也對自己的國家感到很自豪。那樣的國家一定是個好國家。要是能選上那種國家，也是我的幸福呢。」

接著入境沒多久，奇諾與漢密斯及疲憊的西茲一行人，被這國家的人們團團圍住。

「我們是這國家的政治家！是透過選舉被國民選出來的！」

有男也有女的團體如此說道，然後突然詢問奇諾與西茲：

「話說回來，你們會在我國發動戰爭嗎？」

正當兩人感到不解的時候，他們又補充說明。

「如果旅行者你們以國外軍隊的身分向這個國家宣戰，這國家將立刻投降。」

「為什麼？」「這是為什麼呢？」

西茲與奇諾問道。

「因為！『國家基本法』明訂這個國家不能戰爭。戰爭的話就會有人犧牲，那是一種邪惡，是不對的做法。所以我們永遠不碰戰爭，沒有設置軍隊也是這個國家的理念。很棒吧？真的很棒對不對？」

「然後呢？」「你們的意思是？」

「所以！旅行者如果你們宣戰，這個國家就馬上投降。不一會兒這個國家就被你們佔領。也就是說，這個國家是屬於旅行者你們的！」

奇諾說：

「原來如此——那我明白了，但是我不需要這個國家。我只想單純停留一下而已。」

這國家的人們笑著說：

「我們也知道妳應該會明白。眼前我們有個提案，如果旅行者你們在今天佔領這個國家，我們會負責處理麻煩的政治工作。統治者只要悠哉接受那個職位就好。只要在這裡設立戶籍，要再出去旅行都沒關係！留在國內的我們會代理統治者做好我們的職務！根本就不需要擔心任何事情！怎麼樣呢？怎麼樣呢？怎麼樣呢？」

西茲滿臉疲憊地沉默不語。

「你打算怎麼辦呢，西茲少爺？——這個國家，是否適合我們居住呢？」

陸如此問道，看了一下這國家那些滿臉興奮等待答覆的人們，西茲只說了一句話：

「我們離開吧。」

他只這麼說而已。

「啊，請等一下啦——」

無視緊追在後的人們，西茲一面撫摸右肩一面坐進越野車。他發動引擎，不一會兒就離開了。

漢密斯問奇諾「怎麼辦？」，奇諾覺得不好玩便出境離開這個國家。

一離開這個國家，西茲的越野車停在草原上，似乎在思考該往哪裡去。

「嗨～奇諾，我接下來該怎麼辦才好呢？」

西茲難為情地問道。

「我哪知啊，笨蛋！你要走的路你自己選擇！人不都是那樣嗎？人生不就是這麼一回事？你往下仔細看！你不是有一雙了不起的腳嗎？就靠它走喲！無論多辛苦的道路！迎面而來的風多刺骨！都要朝著目標往前進！用你自己的意志！命令你的靈魂那麼做！──奇諾心裡是那麼想的喲。」

漢密斯答道。這時候奇諾敲了一下漢密斯的油箱。

「好痛！」

「我不知道，畢竟我並不是神。」

「說的也是，這也是沒辦法的事……我再找其他地方……」

西茲嘆了一口氣。然後，忽然間往左邊看，坐在那兒的蒂──

「…………」

不發一語地抬頭往西茲的右肩那邊看，抬頭一直盯著看。

「什麼都沒看到喲，不要一直在意喲。」

西茲雖然這麼說，蒂還是盯著那邊看。她綠色的眼睛一直看，看了好久。

「…………」

後來沒發出聲音地動嘴巴。她面無表情，並又重覆一遍。彷彿在跟某人說話似的。

「怎麼了嗎？」

西茲訝異地問道。

「真的在。」

蒂喃喃地回答。

「什麼？不，妳說誰啊？」

西茲滿臉不可思議地詢問，蒂則凝視著西茲回答：

「在你肩膀的女生，說『我一直很喜歡西茲少爺』。」

奇諾跟西茲跟陸跟漢密斯——

「…………」

就像蒂那樣地沉默不語。

過了好一會兒。

「這個嘛……不治癒也沒關係啦！」

西茲如此說道。

「都會之國」
—Don't Stop Us！—

奇諾與漢密斯和西茲等人分道揚鑣後，行駛在草原的道路上。

不久，發現路上有零零落落的屍體。那些都是被野生動物吃過人類白骨屍體。

「這是什麼啊？慈善事業嗎？」

「……是自然葬嗎？」

「對，就是那個！」

那麼說的漢密斯又沉默了。

「太嚴肅了啦。」

奇諾說道。

不過還是持續看到屍體，而且數量不斷竄升。等到好不容易沒再看到的時候，已經慢慢看見國家的城牆了。

這是一個大國，入境審查完全自動化。一走進這個國家，放眼望去是櫛比鱗次的高樓大廈，磁浮艇（註：＝「磁浮交通工具」。指的是磁浮車輛）飛來飛去的，廣告塔則飄浮在天空，火車則在高架橋上來回穿梭。

路上的行人也多，看得出來是人口眾多，人口密度也高的國家。

奇諾不露痕跡地停留在這國家，但畢竟這國家的人們，穿著打扮都比自己還要漂亮。

「國外是長什麼樣子啊？」

或是——

「旅行生活是什麼樣啊？」

許多人紛紛詢問她問題。

不一會兒過了三天，出境的時候到了。出境的時候城門有審查官駐守，於是奇諾針對外頭有許多屍體的事情詢問他。

「啊啊，那些都是這國家的人喲。」

「果真是自然葬?」

漢密斯問道，不過審查官回答「並不是」。

「他們——都是旅行者。」

「什麼?」「這話是什麼意思?」

「這個國家正如你們所看到的，是個交通進步的國家。因此有不少人對旅行、野外生活充滿了嚮往。那些人總覺得都會生活並不好，於是在嚮往戶外生活的情況下出外旅行。」

「可是，大家都死在距離自己國家相當近的地方耶。」

奇諾如此說道。

「那是當然喲。這個國家的人一直生長在文明之中，怎麼可能適應野外生活呢?或許你們並不相信，那些離開國家的人連怎麼升火都不知道喲!不僅如此，連怎麼辨別東西南北都不知道，像我也不知道呢。就連旅行裝備也沒有準備齊全，應該說他們連必須帶什麼都不知道。在那種狀態下，只靠嚮往就離開國家的話，猜猜看會有什麼下場?」

「那當然是，死路一條。」

漢密斯說道。

「沒錯吧?所以他們很快都曝屍路旁。一旦看不見國家，連怎麼走回來都不知道。」

「那麼，國家何不禁止人民旅行呢？」

奇諾問道。

「國家當然可以那麼做，但那樣就無法減少人口啊。就如同自己搭乘的列車，如果途中越多人下車，那當然最好囉，因為就有空位可坐。」

審查官如此回答。

奇諾與漢密斯奔馳在草原上。

「那麼～接下來要去哪裡呢，漢密斯？」

「那麼～接下來要去哪裡呢，奇諾——雖然我很想這麼說，但已經什麼地方都去不了了喲！」

「為什麼？」

奇諾問道，漢密斯要她往後看。

「往後看？」

「各式各樣的故事」
—a Beautiful Dreamer—

奇諾回頭一看。

「哇啊！」

那兒有許多景象。移動的國家以猛烈的速度到處移動，還壓扁其他國家、戰車「轟隆隆」地射擊大砲、有青年正在描繪那個情景、妮妙的飛機以編制隊形翻筋斗、師父威脅商人捲走大筆金錢、西茲正在揮刀練習、蒂拔著陸的毛，害牠痛得要命、伊妮德挖著埋伏攻擊用的洞穴、賣氫彈的店家排著長長的人龍、高塔正慢慢崩塌。

「這什麼跟什麼啊？怎麼會這麼亂七八糟的呢，漢密斯！」

「有什麼關係呢，奇諾。反正這是夢。」

「什麼？你剛剛說什麼，漢密斯？」

「這是夢，妳差不多該醒了。」

「什麼？」

「差不多該醒了喲。該醒了——該醒了——該醒了——該醒了——」

＊　＊　＊

然後少女，邊哭邊睜開眼睛。

「奇怪……？這裡是什麼地方……？」

少女喃喃說道。那兒是自己平常使用的房間，然後跟往日一樣迎接熟悉的早晨。

「啊，什麼嘛？原來是夢？」

於是少女下床，在日曆上做個記號。接著下樓到餐廳，父母親正笑臉盈盈地迎接她，桌上則擺了早餐。

「我作了一個好奇怪的夢。」

少女如此說道。爸爸「是嗎？」地說道，媽媽則「天哪～」地說道。

「那個夢很奇怪——我覺得既開心又害怕又喜悅又難過又悲傷又幸福又很不可思議，可是——」

「可是什麼？」「可是什麼？」

「我已經完全不記得那個夢的內容呢。」

「是嗎？」「是嗎？」

少女開口問：

「對了——爸爸媽媽曾作過那種『夢』嗎？」

母親笑著搖搖頭，父親則用溫柔的語氣回答她：

「大人啊，是不會作夢喲。」

然後隔月，少女迎接她十二歲的生日。

大家好，我是黑星紅白。
這次的插畫
我也畫得很開心！

感謝大家
長久以來的支持。
為了報答各位的愛護，
我畫了露出
最棒笑臉的蒂喲。

KUROK
2009/10/01

後記
—Preface—

紀念第十三集出書！
「後記特別企劃」向時雨沢惠一提問吧！

編輯部「為什麼要搞問與答呢？」

時雨沢「開始了嗎？因為讀者來信有問我一些問題，不久前在圖書館演講的時候，也有些問題沒有答完，而我自己又沒有部落格。雖然在《學園奇諾2》曾以同樣的理由稍微弄過這樣的後記，但我覺得在本篇《奇諾の旅》也該做一次吧。It,s Special!」

編輯部「你說『特別企劃』，但你的『後記』都很普通耶？」

時雨沢「那個是那個，這個是這個。NORESORE。」

編輯部「『NORESORE』是啥東東啊？」

時雨沢「是星鰻的幼魚。正確說的話是幼生鰻魚（Leptocephalus=柳葉鰻），身體扁平透明。

在迴轉壽司的軍艦壽司偶爾看得到。它的口感很滑溜，味道有點甜，很不錯吃呢。」

編輯部「……那麼，你說的『NORESORE』跟『後記』又有什麼關係？」

時雨沢「沒什麼特別的關係！」

編輯部「…………那麼，可以開始正式問問題了嗎？」

時雨沢「放馬過來吧——！」

編輯部「請問你叫什麼名字？那是本名嗎？還是筆名？」

時雨沢「時雨沢惠一。那當然是筆名。如果日本人裡有誰叫做『時雨沢＝しぐれさわ（ざわ）』，還請多多見諒。我跟你可是一點血緣也沒有。」

編輯部「你在班上並不是很受歡迎吧？」

時雨沢「你說『並不是很受歡迎吧？』這是什麼意思啊！請不要劈頭就用否定的問法好嗎？話說回來，第二個問題就問這個是怎樣？拜託不要問這種好像看穿人的問題好嗎？雖然我的確不受歡迎啦……」

編輯部「請問你筆名的由來？」

時雨沢「時雨沢是取自SIG SAUER這個槍械廠商的名字。惠一是取自某漫畫的人物名，但漢字並不同（註：取自《幸運女神》裡的螢一，日文讀法都是keiichi）。這都是在寫投稿作品的時

候，因為沒時間想而隨便取的筆名，不過現在很喜歡這個筆名。順便一提，這跟我的本名完全不一樣。連一個相同的字都沒有，因為我希望變成另一個人的身分。」

編輯部「那請問你的本名是？」

時雨沢「艾德華・似鳥・方布倫三世。」

編輯部「絕對沒錯哦？那我以後就叫你『艾德』哦？」

時雨沢「對不起，本名是祕密。接下來我會跟往常一樣正經回答的。」

編輯部「跟往常一樣？」

時雨沢「訂正。我會偶爾正經、乖乖回答的。然後目前的答覆，都是二〇〇九年這個時候的。將來很可能會有變動，還請大家見諒。」

編輯部「請問你的出生年月日？血型？性別？」

時雨沢「一九七二年出生，月日是祕密。A＋，應該是男人沒錯。」

編輯部「結婚了嗎？」

時雨沢「連一次都還沒有過，目前也沒那個預定跟計劃。不過倒是想稍微試試離婚的感覺呢。」

編輯部「為什麼？」

時雨沢「我聽說只要離婚，男人就會變自由！」

編輯部「你是白癡吧？」

時雨沢「請保守這個祕密不要跟大家說。」

編輯部「身體的小檔案呢？」

時雨沢「身高是一七七公分。小學雖然很矮，但是國中的時候卻在一年內拉高了十公分。所以制服總是短短的，害我對過去只有很糗的回憶。

至於體重，最近都在七十五公斤到八十公斤之間跑來跑去的。由於我害怕會罹患成人病，希望能減到剛好七十公斤左右。順便一提，我最胖曾重達九十五公斤。是在美國生活的時候變胖的。

我的視力很糟糕。沒戴眼鏡的話，連近在眼前的人是誰都不知道。雖然有隱形眼鏡，但覺得戴上跟取下都很麻煩，所以都沒用。我比較喜歡就算打盹也能戴著睡覺的眼鏡。」

編輯部「有什麼宿疾嗎？」

時雨沢「基本上我很健康，幾乎很少找醫生。頂多每年感冒個一次吧？不過～今年我的頭曾經被生牛肝片K得七葷八素的……

如果硬要說的話，就是每天敲鍵盤導致我兩手都腱鞘炎，這算是慢性疼痛。所以我固定會去做個按摩。至於腰痛，多虧有優秀的『RECARO』的椅子，因此並沒有腰痛的毛病。十多年前曾有過『椎間板突出症』，因此搬重物或冬天的時候我都會很小心。」

編輯部「你比較怕熱還是怕冷？」

時雨沢「當然是『熱』！要是太熱的話，就覺得腦袋好像被丟進熱湯裡煮，根本就無法思考事情。由於我很愛吹冷氣，如果跟別人待在同一個房間，常常被抱怨『太冷了！』冷的話只要穿衣服就可以了，這還滿容易解決的。不過我曾在美國經歷過零下四十度的低溫，我可不想再遇到那種事。那根本可以說是『暴力』，總覺得從宿舍走到學生餐廳會有生命危險。」

編輯部「對自己的身體有什麼煩惱的地方嗎？」

時雨沢「除了體重以外，就是耳朵。我的個性很神經質，所以聽力特別好，常常會聽到各式各樣的聲音，這讓我感到非常困擾。不是在旅行目的地的飯店，被冰箱或空調的聲音吵到無法成眠。就是去唱ＫＴＶ或聽演唱會的時候，耳朵跟頭被聲音震得痛得要命。不然就是聽到不想聽到的別人的輕聲呢喃。可是變重聽的話也很煩惱。」

編輯部「喜歡的食物跟討厭的食物是什麼？」

時雨沢「喜歡的食物沒有別的，就是握壽司！我很慶幸自己生在日本。像腮邊肉、縱帶鰺、金眼鯛、鯖魚、鮪魚、鮭魚等等都很喜歡。我也很愛吃生魚片。

其他像是咖哩飯、拉麵等等，這都還算喜歡。定食的話就是日式炸雞、南蠻雞、薑燒豬肉等等。小時候我超愛吃泡麵的，但最近喜好似乎改變，已經幾乎沒吃了。

至於討厭的食物，以日本普遍吃得到的食物來說，應該是找不到『絕對不吃』的東西。不過，我不會主動買納豆來吃（小時候超愛吃）。魚湯跟烤魚雖然很愛它的味道，但覺得要挑魚刺很麻煩，所以就不會去碰。」

編輯部「喜歡的飲料跟討厭的飲料是什麼？」

時雨沢「平常我都喝礦泉水，吃飯的時候主要是喝烏龍茶。碳酸飲料就是Dr.Pepper跟沙士，這些在日本被當成『奇怪的飲料』，但我就是愛喝。

至於說不上討厭但不敢喝的，就是咖啡。黑咖啡我根本沒辦法喝。就算對方送上很好的咖啡，我也會拚命加砂糖跟奶精。然後我有點怕喝熱的，因此熱飲都是等涼了以後才喝。

以前我很愛喝牛奶，國中時期曾經一口氣幹掉一公升裝的牛奶，但現在腸胃變得不好就沒辦法喝，讓我覺得很遺憾。」

編輯部「你喝酒嗎？」

時雨沢「最近這幾年，除了神社的御神酒，否則我滴酒不沾。學生時代會稍微喝一些，但我本來就不敢碰酒精類的東西，所以就是無法愛上它。後來應該都不曾喝過吧？順便一提，我這輩子還不曾有過宿醉的經驗。」

編輯部「你抽菸嗎？」

時雨沢「打從我出生以來不曾抽過一根菸。因為有不抽的理由，往後應該也不會抽菸。若有人在狹窄的房間裡抽菸我就會頭痛，所以要我跟老菸槍住在一塊是絕對不可能的事吧。」

編輯部「**你的興趣是什麼？**」

時雨沢「動畫、漫畫、騎摩托車兜風、開車兜風、玩相機、攝影、槍、與軍事相關的事物、潛水、旅行、唱KTV等等。我的興趣實在太多了，而且只要有機會就會再增加呢。」

編輯部「**其中維持最久的是什麼？**」

時雨沢「應該是動畫吧？我從國二的時候就對作品及作者感興趣，還看了許多作品。若沒有動畫，就沒有今天的我。」

編輯部「**你看電視嗎？喜歡什麼樣的電視節目？**」

時雨沢「老實說，最近很少看。現在我工作室裡並沒有擺電視機，我看最多的節目當然是動畫。因為能帶給我很大的幫助，所以會盡量抽出時間看。雖然要我全部網羅下來是不可能的事，但每季有新的動畫開播，我就很期待呢。」

編輯部「**你看書嗎？**」

時雨沢「看是看，但沒有很多。尤其這幾年又變得更少看了，雖然我覺得自己這樣子不行。」

編輯部「**哪些書在你過去的人生中留下強烈的印象？請列舉五本，撇開你本身執筆的不算。**」

時雨沢「《大空のサムライ（天空的武士）》（著・坂井三朗）——是零戰飛行員坂井氏的空戰紀錄。我小學在圖書館看的，是當時讓我深受感動的一本書。給了我『人不到最後絕不可以放棄』的啟示。

《ジョン万次郎の冒険（約翰萬次郎的冒險）》（作者名不詳）——是描寫某個男子在江戶末期漂流到美國的故事。我有印象當時早上忽然拿起來看，結果上小學還遲到呢。只是沒想到自己也在十年後去了美國。

《羅德斯島戰記》（著・水野良）——這是不容多說的人氣系列作品。不僅是我高中時期最愛的作品，也是促成我後來立志寫輕小說（當時還沒有這個名詞呢）的契機。

《ブギーポップは笑わない（幻影死神）》（著・上遠野浩平）——這也是人氣系列作品。是促成我強烈意識到「電擊文庫」小說的契機。若沒有這部作品，我應該不會投稿電擊文庫呢。

《教科書》——我把過去讀過的教科書全統一歸納在此。小時候堅信『教科書上寫的知識都沒有錯誤』，不過在許多意義上也讓我學到不少東西。」

編輯部「這一年裡呢？」

時雨沢「《最強の狙撃手（最強的狙擊手）》（著・Albrecht Wacker譯・中村康之）——是第二次世界大戰的時候，在東部戰線作戰的德軍狙擊兵紀錄。不僅戰鬥的情景，連虐殺、拷問俘虜等等

所有慘狀全都描述出來。甚至還刊載數量相當多的戰場屍體照，是一本非常悲壯的書。很適合當描述戰場的資料，推薦有興趣的人可以看看，但保證看過以後心情會變差。」

編輯部「哪些電影在你過去的人生中留下強烈的印象?請列舉五部。」

時雨沢「『羅馬假期』——這是世界名作。無言的最後一幕讓人看得很難過。若是以即使沒有兩人結為連理的快樂結局，也能夠創造美麗故事的意義來說，是值得參考的一部電影。也是《學園奇諾3》基本的題材。

『天空之城』——宮崎駿導演的作品裡面，我個人覺得最好的一部。女主角希達是我在青春期超萌的動畫角色。我在報紙廣告得知即將上映的消息，看過電影的大螢幕之後深深被感動。從此以後為了掌握相關情報，而養成買動畫雜誌的習慣。這也是我變成阿宅的大轉機。

『終極警探』——腳本很完整的一齣電影。正如各方所讚揚的，從沒看過有這麼一部作品，能夠從中學會如何突顯角色、伏筆的張力及劇情的收線。立志當作家但還沒看過的人，就當做是被我拐一次，務必看看哦。

『阿瑪迪斯』——努力者薩列瑞與天才莫札特的故事。什麼是才華?有了它就會幸福嗎?是每每讓我審思的作品。片長較長的『導演剪接版』於二〇〇二年推出，讓我感到驚奇連連，還沒看過的人務必看看。

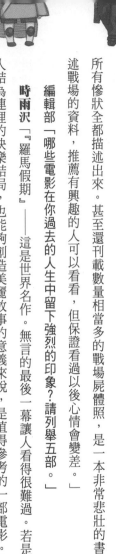

『機動警察劇場版』——這一部的伏筆跟腳本也都很棒。是我寫動作長篇作品時的範本。大學時代我看到連台詞都可以背下來，真的很高興能夠遇見這部作品。」

編輯部「這一年裡呢？」

時雨沢「『黑暗騎士』——蝙蝠俠最新續集。我對美國漫畫並不是很熟，過去也很少看《蝙蝠俠》，不過這部電影的腳本、導演、影像都非常棒。」

編輯部「哪些遊戲在你過去的人生中留下強烈的印象？請列舉五種。」

時雨沢「『人生遊戲』——這是桌上遊戲。若悠哉地玩，可以感受到童心跟人生嚴肅之處的絕品。我曾經誤以為『這套遊戲會很受小孩子歡迎』呢。

『對對翻』——就是撲克牌配對遊戲。小時候我最會玩這個了，還被誇獎『你記憶力好好哦』。是啟發我『記住什麼』那種快感的遊戲。

『宇宙巡航艦』——是射擊遊戲。國中時期我每天都玩ＭＳＸ版，也因此導致視力急遽惡化，之後就過著離不開眼鏡的生活。不過真的很好玩。是讓我抱持『雖然很難，但不斷挑戰要破關』這種想法的遊戲。不過我還是打得不是很好啦。

『伊蘇國物語Ⅱ』——正如大家所知道的，至今還被重製販售的怪物遊戲。高中時期的我沒有ＰＣ，所以是到朋友家玩的。我很萌在ＯＰ回頭的女角莉莉亞。其實《莉莉亞&特雷茲》的莉莉亞，那個名字就是來自於這裡。我十幾年前就想過總有一天會用這個名字。

『空戰奇兵』——我在PS先玩過，之後就盡可能去追它後來出的系列。就連我會買PS2，也是為了玩這個遊戲。一度破關後就什麼也不攻擊，在空中輕飄飄地飛來飛去，那也挺好玩的。」

編輯部「這一年裡呢？」

時雨沢「這一年沒有任何破關的遊戲……呵呵呵。」

編輯部「哪些電視動畫在你過去的人生中留下強烈的印象？請列舉五部。」

時雨沢「『機動戰士鋼彈』——也就是初代鋼彈。小學的時候沒有一個男生沒看呢。我還做過鋼彈的模型，雖然做得很爛啦。我超愛這部動畫。

『銀河鐵道999』——因為沒有錢買漫畫，所以是從電視動畫開始接觸的。旅行、槍械、個人的世界觀等等，根本就是《奇諾の旅》最大的範本。

『魯邦三世（第二季）』——是電視動畫第二彈。總之常常在重播，電視上經常播映。活潑又多樣化的腳本等等，都讓人非常期待呢。

『機甲戰記DRAGONAR』——家裡好不容易買了我夢想已久的錄影機，這部是我第一次邊錄影邊看完全部集數，非常值得紀念的動畫。OP部分從真實的航空母艦發艦的畫面，根本就電到我了。那成了我超愛有機翼的機器人的理由。

『新世紀福音戰士』——在美國留學的時候，還託人從日本寄錄影帶給我看。雖然我並不完全喜歡EVA，卻是印象深刻的名作。

然後是OAV版黎明期的傑作『幻夢戰記』與『渥太利亞』。雖然不是電視動畫，但也請容我把它們列舉出來。這兩部作品我都很喜歡，重覆看了好幾次呢。」

編輯部「這一年裡呢？」

時雨沢「『Code Geass 反叛的魯路修R2』——回答這個問題的時間點是一年以內。它的腳本、演出等等，老實說讓我學到不少東西。而最終話讓劇情結束的高漲氣氛，及美麗的畫面都很令人讚賞。」

編輯部「哪些漫畫在你過去的人生中留下強烈的印象？請列舉五部。」

時雨沢「《哆啦A夢》（著・藤子・F・不二雄）——當時還是小學生的我，超愛做幻想道具這種事。甚至還把自己擺在哆啦A夢的世界，幻想各式各樣的故事。而三十年後的今天，自己還能跟外甥討論哆啦A夢，這真是很棒的事情。順便一提，我最愛的是『作夢的枕頭』那一話。

《時光巡邏隊》（著・藤子・F・不二雄）——這也是藤子・F・不二雄大師的作品。當時還是小學生的我，覺得人相當容易喪命的嚴厲世界觀很刺激，所以非常喜歡。對於這部作品，我也常常幻想如果自己是主角會怎麼做，因此常常樂在其中。最近它出了完全版，我可是非常開心呢。

《できる・できないのひみつ（辦得到與辦不到的祕密）》（著・內山安二）——是眾多的《學研漫畫版祕密系列》之中頭一次看的大傑作。幾年前我又買新的，現在就排在書架上。真希望能快點搭乘磁浮車呢。

《あおいちゃんパニック！》（著・竹本泉）——受到我姊的影響，我也很常看少女漫畫。這是我第一次自己買的少女漫畫，當初覺得超丟臉的，而且是抱著必死的決心進書店。這是活潑開朗的SF喜劇作品，也希望自己有一天能夠改寫（＝意指模仿主題創作成新作品）的作品。強烈希望它能改編成動畫。

《OZ》（著・樹なつみ）——是近未來的SF。我在大學時代看的，被它充滿張力的伏筆及漂亮的最後一幕感動，因此下定決心『希望把這個當做自己寫輕小說的參考！』回想起當時，我還真的動手寫了幾行，但後來卻以大受挫折收場。我也希望這部作品能改編成電視動畫（雖然它的OAV版我也很喜歡啦）。」

編輯部「這一年裡呢？」

時雨沢「《神之山嶺》（著・谷口治郎）——是夢枕獏大師原作的山岳故事。是《灼眼的夏娜》的作家高橋彌七郎老師推薦我看的，老實說真的很好看。我還在當地的相機店發現到故事裡的相機，於是把它買下來。雖然是八十年前的東西，但還能拍喲！只不過軟片跟沖洗的費用頗貴的。」

編輯部「你好像很喜歡摩托車，至今騎過的摩托車有哪些？現在騎的是什麼摩托車呢？」

時雨沢「我騎過的摩托車，也就是目前已經轉手的車種，分別是山葉ＤＴ５０與本田ＸＬＲ２５０Ｒ。

ＤＴ是小型越野車。是我在二十歲的時候買的人生第一部交通工具，也讓我學到相當多摩托車必要的知識。雖然曾摔過好幾次車，但因為都是低速騎乘，所以並沒有受傷。

ＸＬＲ是我接下來買的兩百五十ｃｃ越野車。這輛車我在一年內跑了一萬公里以上，還滿載著行李從北海道到京都，跑了許多地方旅行呢。沒錯，這輛摩托車造就了現在的我。

雖然現在我手上有好幾輛摩托車，但主要騎乘的，是日本才進口沒幾輛的珍藏車（雖然沒有人氣也不是很昂貴）。如果寫出車種名會很明顯，就當做是祕密吧。

最近得手Super Cup 90，平常都當做在住家附近活動的交通工具，像是上銀行或買東西等等。這樣子就不需要開車，也變得輕鬆許多。希望有一天能騎著它出去兜風。」

編輯部「騎車至今曾遇過危險嗎？」

時雨沢「我已經騎了十七年的摩托車，不曾發生過事故或違反交通規則，一次都沒有。就連摔車，除非是林間道路或越野車路線，否則也沒有過。

不過也曾發生過相當危險的狀況。我曾因為過不了彎而飛出去兩次、差點被岔路衝出來的小卡

車撞飛一次、因為路面積雪而滑倒一次（下雪的時候千萬不要騎摩托車喲……）、在高速公路上邊騎車邊打瞌睡一次、因為駕駛疏失而衝到對向車道一次。

最後的時候，還曾經有過『為了閃避危機，腦部運轉速度變快，但周遭景色卻以慢動作在跑』的切身經驗。就某種意義來說是很寶貴的經驗，但我可不想再來一次，所以往後我還是會注意要安全駕駛。」

編輯部「回到工作的話題，覺得什麼是執筆過程中不可或缺的東西呢？」

時雨沢「像是記筆記（以後再敘述）、電腦、文書處理軟體、日語變換軟體、辭典與同義詞軟體、防止腱鞘炎用的固定物，然後是用來收集資料與收發電子郵件的網際網路環境。

只要這些全都備齊，無論在哪兒都能寫作——我是想這麼說啦，但再怎麼樣還是自己家裡最能夠靜下心來。我那些作家朋友，有不少人會在家庭餐廳或咖啡廳裡寫作，但我就沒辦法了。像開始寫《梅格&賽隆》第一集的時候，就曾經嘗試在飯店裡閉關一個星期。雖然花了不少昂貴的住宿費，工作也進行得很順利，不過之後就沒再試過了。」

編輯部「出道以後的住處呢？現在的住處是？」

時雨沢「由於我正準備出道的時候就被家裡趕出來，之後的那兩年就住在房租三萬五千圓的小公寓裡。那兒以前是學生宿舍，所以空調、冰箱及必需品都一應俱全，非常方便。唯一的缺點就是

浴缸小到不行。

後來又搬到寬敞的公寓住了兩年。雖然是郊外也很便宜，但因為是適合家庭住的房子，讓我這個單身又足不出戶的人總是覺得怪怪的。

我甚至還在專門租給家庭用的連排屋住了四年。這兒的環境住起來很舒適，但我東西多到放不下而變成可怕的魔窟，終於在去年搬到現在的透天厝。

住透天厝可就輕鬆多了。不僅能收納大量的書籍，摩托車也能放在庭院，朋友還可以來家裡住，這可幫了我很大的忙呢。又通稱——『奇諾皇宮』。」

編輯部「執筆的時段是？」

時雨沢「之前我也曾提過，平常都是中午醒來以後。進展順利的話，就會延續到深夜。若是到截稿前就不可能太悠哉了，只要是醒著的時候，全都是工作、工作。」

編輯部「執筆時都會注意的事情是？」

時雨沢「最重要的，就是要遵守交稿時間。無法遵守的話就無法出書了。

除此之外，就是想到的事情一定會做筆記，以及不用過度艱深的言詞來表現。尤其是做筆記這件事很重要，無論多棒的創意一旦忘記的話，就失去它的意義了。」

編輯部「你都是怎麼做筆記的？」

時雨沢「如果電腦就在眼前，那就直接記下來了。我有開構想用的資料夾，裡面儲存了不少東西呢。

如果在騎車，就把它錄在錄音筆裡。除此之外的時候，我會利用手機傳郵件給自己。因為它有防水功能，也是我洗澡時的重要良伴呢。沒有防水手機的人，推薦你們可以用潛水用的水中筆記本，是能夠在水裡書寫文字的用品。

順便一提，我會用手書寫文字，只有在送宅配的時候填姓名地址跟簽名而已，我的字跡相當醜，醜到連我自己都無法辨識。」

編輯部「故事人物的名字有它的由來嗎？」

時雨沢「有的有，有的沒有。我就重點回答主要人物，以及還沒在其他地方回答過的人物。

『奇諾』——是德語，意指『電影、電影院』。之前在德語課聽到它的發音，就喜歡上這個名詞。原本是在其他話的男性角色，這跟以前發表的是一樣。

『漢密斯』——源自希臘神話的神祇。因為翻譯的關係，覺得『漢密斯』比『荷米士』好聽。

『西茲』——除了因為他是兩個文字組成的，再來就是不知不覺就選這個名字了（各位讀者對不起）。

『陸』——源自朋友飼養的狗。犬種、外觀都一模一樣。

『拉法』——是巴勒斯坦加薩地區某個城市名。從新聞得知這個地方之後，只覺得唸起來不錯聽就採用了。沒什麼特殊的政治意義。

『蒂法娜（蒂）』——是墨西哥某個城市名。要讓它跟拉法呈對比。

『艾莉森・威汀頓』——是直接引用我朋友他女兒的名字。然後是題外話，這女孩有個叫「安妮卡」的妹妹，知道自己的名字沒有被引用而有點鬧脾氣，總有一天我會用的。

『維爾赫姆（維爾）・休爾茲』——不知不覺就取了很有德國風的名字。正確的簡稱應該是維里，但我先想到維爾就這麼用了。休爾茲是引用自連載漫畫《土豆村（Peanuts）》（就是有史努比的那部漫畫）的作者名。

『班奈迪』——其實就是不知不覺就用了這個名字，（各位讀者）對不起。

『菲歐娜（菲）』——因為唸起來很好聽，以下是題外話，菲跟蒂的共通點就是飾演她們的聲優都是能登麻美子小姐！

『莉莉安（莉莉亞）』——正如前面提到，是源自『伊蘇國物語Ⅱ』的角色。這個名字我也想過在其他話當做『少年』的角色名使用……莉莉安是為了簡稱為莉莉亞才選這個名字的。後來Google一下之後，才發現還真有人叫這個名字呢。

『特雷茲』——源自劇中由來的特雷茲。那個特雷茲也是適當想出來的（各位讀者對不起之三）。特雷茲在法語好像有『十三』的含意，不過跟那個毫無關聯哦。

『愛克善庭（愛克絲）』——其實在寫《艾莉森Ⅲ》的時候，就把它當做莉莉亞初期設定而想的名字。由於女主角叫愛克絲這唸起來太響亮了，因此沒有採用，改由配角使用，但還是不改其『娘角色』的性質。

『梅格蜜卡（梅格）』——因為唸起來不錯聽就採用梅格。又為了簡稱而想出梅格蜜卡這名字。

『賽隆』——源自劇中東側陣營的標誌『賽隆之槍』。其實最初的構思，結局是賽隆拿矛狀物射向斜惡角色救出梅格。順便一提，作品的設定是其他角色在做自我介紹的時候沒有被吐槽，這表示他們的名字在那個世界算是很普通常見。那麼，若要說最初的『賽隆』又是從何而來，其實是『世論（註：賽隆セロン與世論せいろん日文發音雷同）』。」

編輯部「以作家身分出道以後，令你最驚訝的事情是什麼？」

時雨沢「就是《奇諾の旅》做過問卷調查之後，發現女生讀者的比率比其他電擊文庫的作品還要高出許多。尤其這部作品並不是以女生讀者設定的，所以真的很驚喜。

編輯部「跟其他作家感情好嗎？」

時雨沢「我常去他們家玩。我大學時期的朋友，大多是住在外縣市，現在玩在一塊的都是作家朋友。主要都是聚餐、唱KTV，或是在活動場合的交流，偶爾會一起觀光旅行等等。算算還是電擊文庫的作家比較佔大多數，不過也有透過介紹認識的其他階層朋友。甚至還透過介紹認識了動畫導演、製作人、聲優、歌手、漫畫家等等。」

編輯部「出遊的場所是？」

時雨沢「除了旅行以外都是在東京活動，大多是在新宿及池袋車站周邊。有時候也會請他們到我在神奈川縣的家裡。我在《梅格&賽隆》的『後記』也曾寫過，我家窗簾就有來過的人留下的簽名。算一算有目前有十七名。」

編輯部「那種時候你們都聊些什麼呢？」

時雨沢「大部分都是阿宅愛聊的內容，不然就是汽車或潛水等等，或者是聊個人喜歡的玩樂，有時候還會很認真地談論業界或自己執筆的事情。原則上是因人而異啦，也沒什麼對錯可言。跟年齡、經歷不同的作家朋友聊天，真的很刺激呢。」

編輯部「從三年前就擔任『電擊大賞』的評審委員，關於那個有什麼想說的呢？」

時雨沢「剛接到委任的時候，我很擔心自己是否能夠勝任，但正如『事情並沒有想像那麼困難』這句話所說的，這份工作做起來比想像中還要開心。

在閱讀挑選作品的時候所想的，是晉級到最後審查的投稿者的熱情、努力與才華。而且也考慮過自己所挑選的新人作家，有一天是否會超越自己？該不會反而給自己的作家生命指引一條死路？

不過，為了次世代的電擊文庫，還是希望能挑出最好的人選。今年（〇九年）的投稿總數比往年更多了，真讓人訝異。當這本書發售的時候，今年的評審應該也結束了。

順便稍微提一下評審最後階段的內幕。

作品送到評審委員這邊的時候，我們完全不知道參賽者的經歷。只知道筆名而已，作者的年齡、經歷、性別都不知道。之所以會如此區分，也是經過評審委員會一致通過的意見，不過單看作者檔案應該是不會改變對作品的評價。作品有趣才是最重要的呢。」

編輯部「對與往後打算投稿的人，有什麼想對他們說呢？」

時雨沢「我打從心裡對他們有勇氣挑戰競爭率高的比賽，表示最大的敬意。跟電擊作家聊天的時候，常常會開玩笑說——『現在的我們如果投稿參加電擊大賞，或許並不會得獎吧（也無法重新出道）？』

然後，就是不要因為無法趕上每年投稿的截稿日就放棄投稿。等成為專門作家，每年可是要面臨好幾次的截稿日喲。

最後一句話——『等你哦！』」

編輯部「這的問題可能有些現實，你的年收入是多少？請說說看最少跟最多的時候各是多少？」

時雨沢「雖然我曾想過作家最好還是不要講年收入及出書量的話題……不過我對一些作家朋友

以及死黨就相當公開了。雖然無法提出很細節的數字，但如果能當做勉勵將來想當作家的人，那我願意回答。

最少的時候當然是我出道那一年。而且七月還以文庫本出道，年收入比同年齡層的上班族要低很多。不過，從早到晚寫小說的生活就讓我很滿足了。而且幾乎每天都吃特價義大利麵的日子，也成了我很美好的回憶（順便一提，出道前都是跟我老媽借錢過活，後來就全數歸還了）。

隔年開始，年收入就像是以倍數急遽增加。

最多的時候是《奇諾の旅》動畫化的關係，帶動小說熱賣而再版的那一年。幾乎可以說一年之內，就把我過去沒工作的部分全補回來了。看著存款餘額的位數，甚至知道自己要繳稅金之後，才感到非常驚訝。雖然以後不可能有那麼多收入，但至少夠我安心過活呢。」

編輯部「要繳那麼多稅金，不覺得不甘心嗎？」

時雨沢「我有雇用稅務士，原則上也有採取『節稅』的措施。既然生活在日本這個國家，繳稅算是每個人應盡的義務。況且也為了能夠行使權利，當然要乖乖繳稅。這國家若沒有『公僕』，我就活不下去了。」

編輯部「關於自己賺了很多錢，有什麼想法呢？」

時雨沢「首先是打從心底感謝購買我作品的各位讀者。

多虧你們，我才不需要為了過活而找其他工作，也能夠集中精神寫作，這真的幫了我好大的忙。而且也能實際購買資料（只要不是非常昂貴的話）當做參考，畢竟有實品的話描述起來也比較確實。

沒有錢決不代表『不幸』，只是『不便』而已。

難得自己處在如此受惠的狀況，當然是不要偷懶，準備著手下一本書。能夠盡快把新書獻給等候我的讀者們，是我必須做的工作。」

編輯部「那麼，即使你累積了相當多的財產，也不會放棄工作（寫作）？」

時雨沢「除了譬如說身體狀況不佳等等嚴重的問題，否則並不會。

即使我中了國外的樂透，有百億圓的錢入我口袋（在日本購買是違法的），也是會繼續寫小說吧？寫作是我的工作，但也是讓我很樂在其中的興趣呢。」

編輯部「要是你得到百億圓，想做些什麼呢？」

時雨沢「首先我要到宇宙旅行！接著製造等身大的薩克，把它擺在等身大的鋼彈旁邊！

然後出錢給製造乘坐型機器人的開發者！不過鋼彈實在太龐大了，只要能製造出全高八公尺左右的機動警察就行了。」

編輯部「目前正在做的奢侈事情是什麼？」

時雨沢「就是到最近進駐購物中心的迴轉壽司店裡，完全沒有注意盤子的顏色就卯起來吃。買資料的書籍時都沒看價錢，還有衛生紙用的是又貴又柔軟的牌子！」

編輯部「那目前做的節約事情是什麼？」

時雨沢「每天必喝一瓶的礦泉水（2L），是在超市特賣時買的。一瓶售價不到一百圓，覺得好幸福哦。」

編輯部「日常生活中感到最困難的事情是什麼？」

時雨沢「我平常的睡眠時間是從半夜到中午，結果都趕不上每月兩次資源回收的時機。廚餘因為是每戶回收，只要放進回收桶等天亮再拿出去，但資源回收就沒辦法了。

結果，我廚房堆了一大堆空寶特瓶，多到可以造竹筏呢。客廳則是有堆積如山的紙箱，多到可以造機器人。」

編輯部「現在最想要的東西是什麼？」

時雨沢「不光是現在，活著的時候就常有這個念頭，那就是『身心的健康』。

以前我不曾生過大病，但往後也希望能保持這樣的身體。只要身心健康，我相信人生不管有多少困難，都能夠克服它並活下去。」

編輯部「喜歡的話是什麼？」

時雨沢「『睡著等待幸福到來』——意思是只要盡力做好該做的事情，接下來就看自己的運氣了。絕不能什麼都不做，覺得偷懶也沒關係。我覺得那也跟『盡人事聽天命』有同樣的意思。」

編輯部「**那麼，有討厭的話嗎？**」

時雨沢「『我是聯合國兒童基金會來的』——以前當做冷笑話聽還滿好笑的，但最近已經笑不出來了，所以就不喜歡這句話了。」

編輯部「**接下來的人生目標是？**」

時雨沢「截至目前為止，我已經當了九年的作家，首先我會把它做滿十年。然後再當二十年，甚至是三十年。因為我還有很多想寫的作品呢。」

編輯部「**工作以外，現在最想做的事情是什麼？**」

時雨沢「前陣子幫作家朋友搬家，在他都內的房間過夜的時候，曾萌起『好想住一次東京哦～』的念頭。過去我都是住在還算方便的郊外，跟事實上什麼都沒有的鄉下，但就是不曾住在附近有各式各種店家的大都會裡。能夠四處參觀都內的觀光名勝、博物館跟著名歷史遺跡，感覺好像挺刺激的。就算最長只有兩年，我也正在盤算是否有辦法搬到都內的公寓生活。」

編輯部「**希望在走完人生以前能嘗試看看的事情是？**」

時雨沢「這之前我也寫過了，當然就是『宇宙旅行』！我很想從外太空眺望地球。不曉得是否能在接下來的三十年以內實現呢？」

編輯部「問題也問得差不多了，想對閱讀到最後的讀者說些什麼呢？」

時雨沢「真的很高興有讀者閱讀我的作品，往後我會努力固定出書的！真的很感謝大家購買這本書！那我們下一集再見！」

二〇〇九年十月十日　時雨沢惠一

國家圖書館出版品預行編目資料

奇諾の旅 : the beautiful world / 時雨沢惠一 ;
莊湘萍譯. -- 初版. -- 臺北市 : 臺灣國際角川,
2008.04-冊 ; 公分. -- (Kadokawa fantastic novels)
譯自 : キノの旅 : the beautiful world
ISBN 978-986-174-642-5(第11冊 : 平裝).--
ISBN 978-986-237-258-6(第12冊 : 平裝).--
ISBN 978-986-237-579-2(第13冊 : 平裝)

861.57 97004532

Kadokawa
Fantastic
Novels

奇諾の旅 XIII
—the Beautiful World—

（原著名：キノの旅XIII—the Beautiful World—）

2010年5月12日 初版第1刷發行
2023年5月10日 初版第4刷發行

作　者：時雨沢恵一
插　畫：黒星紅白
日版設計：鎌部善彦
譯　者：莊湘萍

發行人：岩崎剛人
總編輯：蔡佩芬
編　輯：黎夢萍
美術設計：宋芳茹
印　務：李明修（主任）、張加恩（主任）、張凱棋

發行所：台灣角川股份有限公司
地　址：104台北市中山區松江路223號3樓
電　話：（02）2515-3000
傳　真：（02）2515-0033
網　址：www.kadokawa.com.tw
劃撥帳戶：台灣角川股份有限公司
劃撥帳號：19487412
法律顧問：有澤法律事務所
製　版：巨茂科技印刷有限公司
ISBN：978-986-237-579-2

KINO'S TRAVELS XIII –the Beautiful World-

Edited by 電撃文庫
First published in Japan in 2009 by KADOKAWA CORPORATION, Tokyo.
Complex Chinese translation rights arranged with KADOKAWA CORPORATION, Tokyo.